KB117523

계축일기

한국문학산책 37 고전 소설·산문
계축일기

지은이 작가 미상
엮은이 김성해
펴낸이 안용백
펴낸곳 (주)넥서스

초판 1쇄 인쇄 2013년 6월 5일
초판 1쇄 발행 2013년 6월 10일

출판신고 1992년 4월 3일 제311-2002-2호
121-840 서울시 마포구 서교동 394-2
Tel (02)330-5500 Fax (02)330-5555

ISBN 978-89-6790-070-0 04810

www.nexusbook.com
지식의 숲은 (주)넥서스의 인문교양 브랜드입니다.

한국문학산책 37
고전소설·산문

작가 미상
계축일기

김성해 엮음·해설

지식의숲

차 례

제1장

임인년(선조 35년)에 중전께서 잉태하셨다는 이야기를 듣고, 유가(柳哥, 광해군의 장인인 문양부원군 유자신)가 중전을 놀라게 하여 낙태하시게 할 양으로 대궐 안에 돌팔매질도 하고 궐내 사람들을 움직여 나인들의 변소에 구멍을 뚫고 나무로 쑤시며 여염처에 명화(明火) 강도가 들었다고 소문을 내니, 이때 궁중에서도 유가를 의심했다.

그러다가 계묘년에 중전께서 공주를 낳으셨다. 그런데 유가는 대군을 낳으셨다고 잘못 듣고 아무런 대답도 않고 있다가 공주를 낳으셨다는 것을 알게 된 뒤에야 무엇을 주더라고 했다. 이것으로 미루어 보아도 얼마나 중전을 미워했는지 알 수 있을 것이다.

그 후 병오년에 대군을 낳으셨다는 소식을 듣고 유자신이 집에서 음흉한 생각을 한 나머지, 적자가 태어났으니 동궁의 자리가 위태하다고 하며 동궁을 모시고 있는 권세 있는 신하들과 정인홍을 친하게 사귀었다.

"아무려나 동궁을 위하여 굿도 하고 점도 치도록 하라."

그러는 한편으로 임해군이 자식이 없으니 임해군으로 세자를 삼아 대군에게 전하려 하신다는 소문을 내어 '선묵제 만묵제'라는 동요까지 지어냈다. 그러고는 천조(天朝, 중국 황제)에게 주청하기를 재촉했다.

갑진년에 광해군(光海君)을 세자로 봉해야 한다는 사연을 표문(表文, 임금에게 표로 올리는 글)에 소상하고 간곡하게 올렸으나, 천조에 대해서는 뇌물을 바쳐 매수할 수도 없는 일이고 또한 조정이 옳은 것만 좇는 데다 황제의 성지(聖旨)가 엄하셨다.

"대례상(大禮上) 둘째 아들을 세움은 집과 나라가 한가지로 망하는 일이니, 천조는 온 천하에 법을 펴고 다스리는 마당에 한 조정을 위해서 이런 처사를 허용하지 못할 것이니라."

상감의 엄한 뜻이 준절하기 비할 데 없고 그 뒤 표문을 올리면 크게 꾸중을 내리시므로 세자를 봉하는 일로 그 장래가 막히지나 않을까 염려했다. 그러다가 이때 예부관(禮部官)과 재상이

교체되어 다시 주청하려다가 중도에 그만두었다는 말을 듣고 유가의 일파가 이렇게 일렀다.

"적자가 나시니 봉세자 주청을 아니한다."

그러다가 선조대왕께서 병환이 나셨을 때 정인홍, 이이첨 등 대여섯 사람을 시켜 상소를 올리게 했다.

"유영경(柳永慶, 당시의 영의정)이 임해군을 위하여 광해군의 세자 책봉을 주청하지 않으니, 수상(首相) 유영경의 머리를 베소서."

상감의 뜻에 거슬리는 이 상소에는 그지없이 광포하고 차마 입 밖에 낼 수 없는 말이 담겨 있었다.

이미 여러 해째 병환으로 침식을 못하시고 기운이 지치실 대로 지치신 상감께서는 이 상소문을 보시고 분개하심을 이기지 못하시어 침식을 전폐하셨다.

"제 어찌 군부(君父)를 협박하는 짓을 하는고?"

그러고는 다음과 같이 전교하시고 승하하셨다.

"인홍 등을 귀양 보내라."

그리하여 지체하지 않고 세자와 세자빈을 침전에 들게 하여 계자와 새보(璽寶)와 마패 등 중대한 것들을 즉시 내어주고, 세자와 제자(諸子)에게 하신 유교(遺敎)를 후궁이 전했다.

"대군을 향하여 내리신 유교도 지금 함께 내리소서."

이렇게 아뢰니, 중전께서는 인사불성하셨던 끝이라,

"그 유교는 지금 내림이 옳지 아니하다."

라고만 하실 뿐이었다.

그리하여 뭇사람의 의견을 좇아 세자에게 먼저 알리고, 이어 조정에 알렸다.

이러한 것을 가지고 유교를 내렸다고 하면서 큰 허물을 삼으니, 정말로 대군을 세우려 하면 대권(大權)을 손안에 쥐고 계신데도 불구하고 새보를 내서 행사치 않으시고 어찌 세자인 광해군한테 즉시로 보내셨는지 모를 일이다.

또한 유교에,

"참언이나 모함하는 일이 있어도 마음에 두지 말고 어린 대군을 가엾게 생각하라."

하고 말씀하셨거늘, 어찌 유교대로 대군을 위(位)에 세우셨겠는가.

정미년 시월, 상감께서 편찮으셨을 때도 동궁과 빈을 즉시 불러들여 곁에서 모시고 탕약을 받들어 올리게 하셨다. 그리고 동궁이 불민하여 성의를 어기는 일이 있을 때도 내전(內殿, 왕비)으로 계셔서 중간에서 좋도록 꾸려 나가셨다.

그때는,

"내전 상덕(上德)이 크고 지중하도다!"

하며 기뻐하더니, 점점 주위의 이간질하는 사람들과 함께 임해군부터 없앨 모책을 세웠다. 의롭지 않은 일에는 흉하고 악한 터라, 마침내 소장(訴狀)에다 대환(大患)을 붙여 내니 그런 간사한 사람이 어디 있겠는가.

상감은 광해군이 어렸을 때부터 불민하다고 여겨 오신 터였으나 임진왜란 때 갑자기 대군을 왕세자로 정하신지라, 항상 교훈하시고 전교(傳敎)를 내리셨다.

그러나 광해군은 일절 순순히 순종하는 일이라고는 없었다. 상감께서 타이르시는 족족 원수처럼만 생각했으므로 상감께서 마땅치 않게 생각하셨다.

"자식이 되어 가지고 어버이에게 하는 도리가 어찌 저럴 수 있으리오?"

그러던 참에 돌아가신 의인황후(선조의 처음 왕비)의 장례도 마치지 않았는데, 후궁의 조카를 데려다가 첩을 삼으려 하므로 상감께서 꾸짖으시며 허락지 않으셨다.

"못 한다. 어째서 부덕한 일을 하려 하느냐?"

광해군은 그 일을 두고두고 원망하다가, 병오년에 큰 화를 일으켜 큰 세력을 잡으려고 크게 욕심을 내어 상감을 속이고 들어가서 후궁을 위협하고 나인을 보내 조카를 빼앗아 갔던 것이다.

"내가 하는 일을 상감께 아뢰거나 조카를 주지 않거나 하면 후일에 삼족을 멸할 것이니 그리 알아라."

공갈과 협박을 하고 한편으로는 나인을 보내어 빼앗아 갔던 것이다.

상감께서 그 일을 들으시고 아주 추악한 일로 여기시어 이르셨다.

"예전 세종조에 소헌왕후를 그 아버님 일로 태종께서 폐하려고 하시니 세종께서 '그렇게 하겠습니다.' 하시면서 '여덟 명의 대군은 어떻게 처치하오리까?' 하시니 태종께서 그제야 폐하지 말라 하신 일까지 있거늘, 어린 계집 하나가 무엇이 그다지도 귀하다고 어버이까지 속이며 데려가니 흉악한 뜻이로다."

그러고는 그 뒤부터 더욱 마땅찮게 여기셨다.

그 후 병오년에 대군이 태어나면서부터는 대군을 없앨 마음을 품어 눈엣가시와 의붓자식같이 여기다가, 대군이 점점 커 감에 따라 큰 변을 일으켜서 갑작스럽게 없앨 계책을 유가와 날마다 모의했다. 저 철부지 어린 대군이 그지없이 불쌍하고 가엾게 생각될 것이건만, 늘 크든 작든 간에 능히 할 수 있는 일도 순종하며 행하지 않고 뜻을 거스르며 박대하는 것을 예사로 했다.

정인홍 등이 미처 귀양지까지 가지 않은 상태라, 상감께서 운명하시자 즉시 그날로 궁궐 전각 아래로 불러들여 계제(階梯)도 밟지 않고 벼슬에 올려 썼다.

선왕이 훙서하신 지 두 주일이 되자, 형님인 임해군을 외척 (外戚)으로 내리도록 사헌부와 사간원에서 논계하도록 시켜 놓고는 임해군한테 계사를 보이며 말했다.

"이제라도 대궐에서 나가면 죄를 벗을 수 있지만 궐내에 그냥 머문다면 죄가 더 무거워질 것이니, 내 다 알아서 이르는 노릇이니 빨리 나가도록 하시오."

그러고는 군사를 대궐 밖에 잠복시켜 놓았다.

임해군이 꾀에 넘어가서 즉시 대궐 밖으로 나가니, 미리 잠복해 있던 군사들이 일제히 달려들어 포위하여 비변사에 구류했다가 교동으로 귀양을 보냈는데 감금당한 상태로 지내야 했다.

이때 어사당인(명나라 사신)이 입경하니, 임해군에게 일렀다.

"전신불수한 체하면 처자와 함께 살도록 해 주겠거니와 만일 분부대로 하지 않는다면 죽이리라."

그러고는 생모인 공빈(선조의 후궁)의 사촌 오라버니 김예직을 보내어 은근히 달랬다. 임해군이 그런대로 곧이듣고 분부대로 했지만, 명의 차관인 요동도사가 돌아가자 심복인 의원을 보내어 독약을 내려 죽게 했다.

임해군을 죽일 때 대군도 함께 죽이려고 상소문을 올렸으나, 조정에서 시비가 벌어지자 대군은 죽이지 않고 그대로 두었다.

"지금 강보에 싸여 있는 어린 몸이고 또 신정(新政)을 베푸는

이 마당에서 형제를 둘씩이나 함께 죽인다는 건 어려운 노릇이오."

상감은 처음에는 하루에 삼시로 대비께 문안을 자주 드리는 척하더니 차차 초하루와 보름으로 한 달에 두 번이 되고, 그것도 무슨 일이 있으면 핑계 삼아 거르기 일쑤였다. 또 문안을 드리러 와서도 대비께서 예사 말씀이나 생각하고 계셨던 속 말씀이나 혹 일가에 대한 걱정이라도 하실 양이면 자세히 듣지도 않은 채,

"아무란 하여디라."

할 뿐, 무슨 말씀을 의논이라도 하시려면 손을 내둘러 휘저으며 국모의 분부를 들을 생각도 않고 그냥 일어나 휭하니 나가 버리는 것이었다.

이런 일이 있은 뒤에는 한참만에야 문안을 드린답시고 와서는 머무르기는커녕 앉는 듯 마는 듯 일어나 버리니, 모자간에 무슨 아기자기한 말 한마디를 할 수 있었겠는가.

대왕께서 홍서하신 지 삼칠일 만에 상감이 문안을 드렸을 때의 일이다. 보통 벗의 조상도 처음 만나면 곡을 하는 게 예사건만, 대비께서 슬퍼 곡을 하시니 들어오다 손을 내어 휘저으며 시위하는 이에게 일렀다.

"울지 마시게 하여라."

그러고는 혼자서 투덜거리며, 곡은 말할 것도 없고 조금도 슬퍼하는 기색이 없었다. 그런 성정이다 보니 일가들이 상가에 와서 보고 그 마음이 어떠했겠는가. 정말이지 인정이라곤 조금도 없었다.

대왕의 시호(諡號)를 올리게 될 때에 대비께서 상감께 말씀하셨다.

"임진왜란 때 쇠해 가던 나라를 다시 일으키신 공은 말할 것도 없거니와, 조종(祖宗)이 망극하시되 종계변무지공(宗系辨誣之功)은 크고 크시니 창업지주(創業之主)보다 떨어지시지 않으시오. 묘를 심상히 마시고 깊이 헤아려 하소서."

그 말에 한참을 생각하다가 대비께 여쭈어 말했다.

"비록 공이 있으시나 임진왜란으로 말미암아 조종이 편안히 지내시지를 못하셨으니, 어찌 공이 있으시다고 할 수 있겠습니까? 다시 말씀하시지 마소이다."

대비께서 상감한테 의논하시면서 다시 한 번 간절히 말씀하셨지만 듣지 않을 뿐 아니라, 대비께 맞대 놓고 이렇게 말하는 것이었다.

"종자(宗子)를 가지셨다고 나을 것이 없습니다."

이것만으로도, 그 불효함이 어떠한지 족히 알 만했다.

예로부터 초상 때는 자전(慈殿, 임금의 어머니)께서 으레 배릉

(拜陵)하시는 것이 예였으므로, 대비께서 말씀하셨다.

"가고 싶으오."

그러자 상감이 말했다.

"가심이 아직 불가하나이다. 굳이 가시려거든 소상(小祥) 때
나 가소서."

겨우 소상 때까지 기다리셨다가 또,

"가고 싶으오."

하시니, 또 트집을 잡았다.

"조정이 하도 막으니 못 가시겠습니다. 대상(大祥) 때나 가소
서."

또 대상이 다다르니,

"이미 다 지났는데 이제 가신다고 무슨 도움이 되겠습니까?
옛날 왕후들이 가셨던 것도 예가 아닙니다. 폐를 끼칠 따름이지
보살피실 일이 없으니 절대로 못 가시리이다."

하고 말했다.

삼 년을 두고 간곡히 빌어도 보시고 달래도 보셨지만 뜻을 이
루지 못했으니 그렇게도 불쌍하신 일이 또 어디 있겠는가.

"혼전에 나가 뵙고 싶으오."

하셨는데, 그것조차도 여러 번 막으니 할 수 없이 내전(왕비)한
테 비셨다. 뵙기에도 딱할 일이 아닐 수 없었다.

"본디 대전이 변통이 없어서 그러시는 것이니 되도록 가시게 하리이다."

내전의 명령으로 겨우 허락이 떨어졌다.

날짜를 촉박하게 정해 놓고는 나인을 보내어 유희분한테는 날을 물리라고 일렀다. 그러나 우리 전(殿)에서는 그 사실을 알지 못하여 제전(祭奠)에 쓸 음식을 서둘러 장만했다.

내전은 심상히 여겨 제전을 않으려고 했다가 별안간 생각하여 하느라고, 내 쪽에 편하게는 할망정 남의 폐는 조금도 생각하지 않았다. 모든 일을 이렇게 하니 어디에다가 민망하다 말을 할 수 있겠는가.

음식을 만들어 놓고 여러 날을 물리다가, 우리 전에서는 장만한 음식을 모두 버리고 새로 장만하지 않을 수 없었다.

상감이 어쩌다가 내전에서 진지를 드시는 일이 있어도, 정명공주는 받들어 올려도 영창대군은 받들지 않았다.

그러면서 대전이 이렇게 말하는 것이었다.

"대비전에 문안드리러 가면 대군의 소리 참 듣기 싫더라."

하루는 대군이 말했다.

"대전 형님이 보고파라."

하도 그러시기에 공주와 대군 두 아기를 문안 오셨을 때 앉혀 뵈어 드렸다.

"공주는 나아오라."

하며 만져 보고,

"정말 영민하고 예쁘이다."

했지만, 대군은 본 체도 않고 말도 하지 않았다.

대군이 어려워하자, 대비께서 말씀하셨다.

"너도 상감 앞으로 나아오라."

대군이 일어나 대전 앞에 서셔도 본 체를 않으니, 대군이 밖으로 나가 우셨다.

"대전 형님이 누님은 귀여워하시고 나는 본 체도 않으시니, 나도 누님처럼 여자로 태어날 것을 무슨 일로 사내로 태어났는고."

하루 종일 우시니, 보기에 정말 불쌍했다.

대전은 자주 이런 말을 했다.

"내가 살아 있는 동안은 대군이 열이 있다 한들 두렵지 않지만, 세자가 대군한테는 조카가 되니 단종조 때도 조카를 죽이고 세조가 섰으니 이런 일이 생길까 두려워하노라. 내 부디 대군을 없애고 세자를 편히 살게 하겠노라."

이런 말을 항상 들어왔기에, 대군은 세자 만나길 싫어하며 마치 무서운 거나 보듯 했다.

홍서하신 지 석 달 만에 대전이 수라를 못 자시기에 대비께서

육찬(肉饌)을 권하시니 권하신 지 두 번 만에 잡수셨다. 양즙을
마련하여 가지고 갔더니 자시고 물리면서 은근히 당부하셨다.

"이 즙에 가장 입맛이 당기니 차게 채워 두었다 다음에 달라."

그러자 나인이 비웃으면서 말했다.

"단지 하루도 소찬(素饌)을 못하시던 터에 하절(夏節)에 서너
달씩이나 소(素)를 꾸준히 잘도 하시더니, 대비께서 권하시던
차에 하도 황송하여 육찬을 잡수시니, 양즙도 대비전께서 계시
기 때문에 마지못해 뒀다 달라 하시는 겁니다."

이 말을 들으며 모두가 대전을 마음속으로 우습게 여겼다.

정미년 시월부터 선왕이 편찮으셨을 때, 세자 광해군이 여차
에 와 시약을 했다. 하지만 꾸준히 참고 들어앉아 있지 못하여
공사(公事)를 보시던 청(廳)에 와 자리를 깔고 앉아 있곤 했다.

훙서하신 뒤에 그때 일을 일러 이렇게 말했다.

"겨울에 찬 데 앉았던 일이야 죽어도 잊으랴."

빈 측에도 한 달에 한 번씩 갈락 말락 할 지경이었다. 슬픈 빛
이라곤 찾아보려고 해도 없었다. 상복중(喪服中)임에도 태연히
웃고, 대전상(大殿床)에 감선하는 척도 하고, 입을 가리고 웃음
을 참는 척도 하지만, 미처 참지 못할 때는 소리 내어 하도 웃으
니 보기에 민망했다.

대비께서 빈측에 와 곡을 하시며 우시는 것을 그치지 않으시

니, 내관에게 물었다.

"이 울음소리 어디서 나느냐?"

내관이 대답했다.

"자전에서 우시는 소립니다."

"무엇 때문에 저렇게 우시는지? 춘추 많으시고 사실 것 다 사
셨는데 서러워 하오심이 참 우습구나. 사람이 언제까지나 살 줄
아셨나? 듣기 싫다."

좌우에 있던 사람들이 하도 어이가 없어 모두 속으로 웃었다.

공사 처리를 하도 못하여 단 한 장의 문서도 친히 결재를 못
내리는 형편이었다. 여차 곁에 딸린 익랑방(翼廊房)에다 내전
을 모셔다 두고 주야로 공사를 물어봐서 결재를 하곤 했다. 간
혹 내전이 빈청(賓廳)에라도 나가서 안 계실라치면 공사를 처리
하지 못해서 혼자 쩔쩔매며 종이와 칼을 놓지 못하고 종이를 썰
었다간 도로 붙여 보는가 하면, 칼을 도로 벌려서 세워 놓든지
그렇지 않으면 혼자서 뭐라고 중얼거리곤 했다. 이럴 때 내관이
어쩌다 무슨 말이라도 할라치면 소리를 질러 꾸짖으므로 내관
도 들어오질 못하고 밖에서 하늘만 쳐다보며 애를 태웠다.

명종(明宗)부터 모시던 늙은 내관이 있었는데 당돌히 들어가
서 아뢰기를,

"무슨 생각을 그렇게 하고 계시니까? 임해군께서도 벌써 남

의 말을 듣고 입시(入侍)하고 계시고, 이 공사는 조금도 어려운 것이 아니옵니다. 글을 배우신 지가 오래되셔서 그러신가 하옵니다. 슬기는 글을 하는 데서 터득하는 것인가 하옵니다. 마마께서 선왕(先王)이신 선조대왕의 아드님이시고 들어계옵신 집도, 종이와 필묵도 모두 선왕의 것이온데 이만한 공사를 처리하지 못하오셔 사람을 입시시켜 놓으시고 잠잠히 앉아만 계시옵니까? 도대체 칼과 종이로 무슨 일을 하시는고?"

그때는 부끄러워서 아무 말도 못했다고 한다.

이 말이 퍼져나가자 이 늙은 내관을 몹시 미워하다가 대군 난(大君 亂) 때 죽이고야 말았다.

내관에게 일을 시키려면 열 번은 고쳐 시키고, 심부름을 시킬 때도 열 번씩이나 다시 시키고 했다. 아무리 잘한들 상을 주는 법이 없었고, 잘못한다 해도 벌을 줄 줄도 몰랐다.

유가가 늘 답답하게 여겨서 날마다 그때그때 상감께 가르쳐 올렸다.

이제 아무개가 상소할 테니 이렇게 대답하시고 다음에 아무개가 계사(啓辭)를 할 것이니 저렇게 대답하시라고, 시시로 한문으로 혹은 한글로 써서 주면 광주리나 소쿠리에 몰래 넣어 가지고 다녔다. 혹 문이 닫힌 때엔 동쪽 산에 있는 뒷간 근처에 당(堂)이 있어 그리로 사람이 들어갈 수 있게 작은 구멍을 뚫었는데, 하도 드나들어 구멍이 너무 커지자 밖에서 빤히 들여다보지 못하도록 안쪽만 가려 두고 안팎에서 연락하여 출납을 했다. 그것도 하도 잦아지니까 대궐 담 밖에다 종을 시켜 움막을 짓게 하여 종을 살게 해 놓고, 밤이면 그 종을 시켜 유가한테 가서 알아오게 하곤 했다.

침실에는 비단으로 싼 광주리며 보자기에 싼 소쿠리가 데굴데굴했다.

시녀 한 사람을 밤낮으로 공사에 대한 대답을 알아오도록 유가에게 보내곤 했는데, 날마다 공사가 있는 족족 써서 보내니 밥 먹을 새도 없어서 괴롭고 서러운 시녀가 한 번은 혼잣말로 이렇게 말했다.

"사나이가 되어서 이만한 공사 하나 처리하지 못하고 밤낮 남한테 물어보고 다니다니. 우리 침실에 소쿠리 광주리가 어떻게 많은지 방이 꽉 찼군!"

대전이 이 소리를 듣고는 쫓아낸 다음 소문을 퍼뜨리기를, 침실에 붙어 앉아 있지 아니해서 내쫓아 버렸다고 했다.

본래 성품이 잔인하여, 전에 없던 행실로 기둥으로 사람을 치기도 하고 채찍으로 치지 않으면 석쇠 같은 것으로 막 치니 아프다는 소리가 진동하여 밖에까지 들리곤 했다.

"내전마마 살려 주소서."

내수사(內需司)에서 들여오는 물건은 전례에 따라 전부터 대비전이 쓰시는 것을 가져가려고 하자,

"꿀을 받아다 얼마만큼만 대비전에 갖다드려라."

하니, 차지내관 이봉정이 말했다.

"마음 쓰기 나름이지, 감히 누가 값을 따져서 드리겠습니까? 필요하실 때 쓰시도록 갖다 드리리이다."

그러나 듣지 않았다.

또 한 번은,

"대비전이 들여오라고 하시는 물건은 나한테 먼저 알린 다음에 갖다드려라."

했는데, 그 뒤부터 먼저 상감이 취품하는 버릇이 생겼다.

관청의 물건을 다른 곳으로 옮기니, 어떤 이가 말했다.

"대비전께서 못 쓰시게 하시느라고 그리한다."

또 어떤 사람은 이렇게 말했다.

"혹시나 불의지변(不意之變)을 당하더라도 나중에 가서 살 수 있도록 하기 위함이노라."

상감은 온갖 물건을 이현궁(梨峴宮)이라 이름을 지은 궁에다다 가져다 쌓게 했다.

무신년 초에는 상감이 공경하는 척하며 대비께 이르셨다.

"내가 위하고 받들어 모시는 분은 자전이시니, 하고자 하시

는 일은 무슨 일이건 다 말씀하소서."

대비께서는 감동하시고 고맙게 여기셨다.

이렇듯 처음엔 상감의 말을 곧이듣고 참 마음 씀이 너그럽다 했는데, 점점 박대함이 나타나더니 경술년과 신해년 사이에는 더욱 심해져서 대비전께 대한 불공함이 극에 달했다.

상궁 가희와 점차로 가까워지고 내전하고는 멀어지면서도 공사를 처리할 때만 내전을 불러서 시켰다. 나중엔 내전도 화가 나서 가지 않을 때도 있었는데, 그럴 때엔 친히 와 데려가 물어보고 또 내려와서도 물었다.

그러자 내전이 말했다.

"이만 공사를 혼자서 처리하질 못하신다는 겁니까? 다음부턴 아예 나한테 물어볼 생각도 마소서."

대군을 두고 여러모로 의심을 한 뒤부터는 더욱 위엄을 보이느라 고기를 불기만 쐴락 말락 하게 하여 먹고, 밥은 죽처럼 질게 해서 먹고, 날고기를 즐기니 눈이 점점 붉어졌다. 산나물은 더럽다고 하면서 고기만 자시고, 전유어와 곤 엿도 즐기셨다.

행동도 보통 사람하고는 달라 남이 하라고 하는 일은 절대로 하지 않고, 남이 하지 말라는 일은 부득불 하곤 했다.

마음씨는 흉악하고 말은 실없었다. 위엄은 걸주를 본받고 행실은 양제보다 더했으므로, 대비께서는 두려워하시며 후일에

선묘를 저버릴까 걱정이 많으셨다.

그러더니 드디어 난을 일으키고야 말았다.

나인한테도 무신년 초에는 무척 후하게 대접하는 척했다.

"웃전을 잘 모셔서 평안하시니 너희의 공이 없으면 어떻게 평안히 잘 지내오시리?"

침실상궁이 갈 때마다 인사를 늘어지게 하고 상도 주더니 신해년부터는 점점 소홀히 하여 본 체도 않았다. 가면 날이 기울도록 밖에다 세워 두기 일쑤고, 들어오라고 해야 옳으련만 연고가 있어 만날 수 없으니 돌아가라고 하기가 예사였다.

늙은 상궁 하나가 선왕마마께서는 웃전 나인이 가면 머리를 빗으시다가도 머리털을 쥐시고 상궁을 침실로 들어오라 하셔서 왕후의 문안을 물으시고, 세수를 하시다가도 들어오라 하셔서 문안을 물어보시던 일을 말하니, 꾸짖으며 말했다.

"나는 차마 그렇게까지 못하겠다. 한 달에 두 번씩이나 친히 가서 문안을 하는데 나인을 불러서 친히 봐야 한단 말이냐? 내 마음대로 할 노릇이지 그런 일까지 선왕을 본받아야 하느냐? 나는 내 법대로 할 것이니 다시는 그런 말을 하지 말라."

그러자 듣는 사람이 모두 어이없어했다.

대전이 처음으로 배릉을 가니 재상들은 동구부터 통곡을 하려다 겨우 참고, 상감이 우시거든 실컷 울어야겠다 마음먹고 이제나저제나 하고 울 때를 기다렸다.

그런데 능이 있는 데까지 올라갔다가 천천히 그냥 내려오더니, 그 안에 누가 일러 주었는지 내려온 뒤에야 예조(禮曹)에게 물었다.

"울랴? 말랴?"

"우셔야 옳다."

하니, 돌아올 때야 울었다고 한다.

그 소리를 듣고 한 유자가 말했다.

"소리를 내지 않고 통곡을 하고는, 너무 울었다고 잘못 여기시겠지."

이렇듯 천성이 효성이라곤 눈곱만큼도 없고 포악함이 심하니, 우리 전한테 어찌 지극하기를 바라겠는가.

내전은 상사(喪事) 때도 문안을 드리러 오지 않아서 소상 때 상복을 벗은 뒤에나 올까 여겼다. 그런데 상복을 벗고도 그림자조차도 얼씬 않으며 내란만 조작하고 있었다.

신해년에 신궐에 가 계셔서 후원 구경을 가시니 내전께서 이르셨다.

"나는 나이가 많고 웃전은 나이가 젊으시니 설마 내 뒤에는 못 서실 것이니, 내 잠깐 핑계를 대고 머무르거든 웃전을 먼저 모셔 가도록 하라."

그러나 대비께서는 아무 말씀도 하지 않으셨다.

몇 번이나 특히 유의하여 지내 보니 대비전은 뒷시위하는 것을 정말 싫어하며 하지 않았다.

이날 대비께서 들어오시다가 연(輦)을 멘 하인이 넘어지는 바람에 연이 기울어지며 거의 떨어질 뻔한 일이 있었다. 내전은 이런 일을 들어 빤히 아시면서도 어디 다치시지나 않으셨는지 물어보지도 않은 채 당신의 전각으로 가 버렸다.

늙은 나인들은 의인왕후 계셨을 때 웃전을 섬기시던 일을 보아오다가 어이없이 여기고 있었는데, 이런 말을 내전이 듣고 한탄하고 원망하며 후일에 보자 하고 별렀다고 한다.

하지만 그래도 내전은 말도 잘 알아듣고 글도 잘했다. 혹 하고자 하는 일이 없지 않으나, 대전과 종들이 더 흉악 불통했다.

웃전께서 무신년 빈천(賓天, 천자가 돌아가심)하셨을 때 위께서 돌아가신 것을 서러워하셔서 곡읍(哭泣)을 주야로 그치시지 않으니, 이렇게 말했다.

"어디서 무슨 저런 사람이 다 있단 말이냐? 대군을 세우려다가 뜻을 못 이루셨으니 그 일 때문에 더 서러워서 우시나 보다."

대전은 그 말을 곧이들었다.

또 은덕과 갑이란 나인은 이렇게 말했다.

"임진 이후에 선왕마마를 뫼시고 계실 때 지니셨던 세간을 우리 전에 주시질 않는 걸 보면 대군한테 물려주시려나 보다."

"어디 지니고 사나 보세."

그런 것이 시기할 일인가?

갑이가 늙은 상궁을 만나자, 이렇게 말했다.

"대군의 보모상궁 잘 있나? 귀 밑에 패 달 날이 있으리. 김 상궁도 잘 있나? 언제고 약사발 받을 날이 있으리."

하는 말이 하도 흉악하게 여겨져 늙은 상궁은 못 들은 체하고 오고 말았다.

신해년에 대궐을 옮기실 제, 대비께서 세자가 친영(親迎)하는 것을 보려고 하신 일이 있었다. 하루는 구경을 하는데, 내전이 별안간 족친(族親)이라도 금한다고 했다.

"대비전께옵서는 나오지 마십시오."

이 말을 중간에 후궁을 놓아 여쭙게 했다.

대비께서는 좋은 일에 미안해하시며,

"친영하는 일을 마음으로부터 기쁘게 보려고 했는데 그렇다면 할 수 없지."

하고 안 보셨다.

그랬더니 그 뒤에,

"정이 없어서 보시지 않으셨다."

하고, 말을 지어냈다.

"진풍정(進豊呈)도 상복을 벗은 지 오래되지 않으니 무엇이 바쁘겠습니까? 천천히 내리소서."

하니, 뜻을 세워 시작은 하여 놓고 택일을 번번이 제 맘대로 물렸다.

잔치에 쓸 음식을 다 장만해 놓은 뒤에도 하기 싫은 때면 날을 물렸다. 그러고는 조정에 알게 하고, 외척과 통하여 대비께 대한 험구를 있는 대로 지어서 퍼뜨렸다.

나인인 은덕과 갑이 등은 그때부터 이런 말을 공공연히 했다.

"하루나 고이 사나 두고 보자. 대군의 기물(器物)이나 수진궁에 있는 물건이 아니 올 리 있나. 몽땅 우리에게 오리라."

무신년에 대왕께서 빈천하신 뒤에 여염에서 요사스러운 말을 퍼뜨리는 사람이 하도 많으니, 외척과 혼가가 되면 요사스런 말이 번져 들어갈까 염려하셨다.

"공주와 대군의 혼사는 상덕(上德)이 많은 사람으로 하되 중전 가문에서 정하사이다."

대비께서 말씀하셨다.

"세도를 믿는 백 명의 간인(奸人)인들 신(臣)이 믿고 칭찬하겠으며, 또 선왕의 유교를 어찌 잊을 수 있겠습니까? 혼사는 그렇게 하리이다."

내전이 대답했다.

그런데 임자년에 김직재의 난이 일어났을 때 점치는 일과 방자하는 일로 점점 더 화(禍)를 만들어 낼 마음을 먹고, 그런 놈들한테 무복을 받을 때 아이라도 말하라고 가르쳤다.

이때의 난이 있은 뒤부터 시기함이 더욱 심해 문밖에서라도 이름이 있다 하는 점쟁이는 모두 불러다 유가의 집에다 앉혀 놓고 자기네 뜻을 이룰 수 있는 수와 우리 쪽의 액운을 실컷 확론(確論)하여 물어보았다.

그리고 유희량(유자신의 아들)은 장님 점쟁이 신경달한테 물었다.

장님이 말했다.

"대군 분위가 할 만하다."

그러자 다시 물었다.

"남이 죽이려고 해도 안 죽으랴?"

장님이 이렇게 답했다.

"아무려나 죽이고 말랴."

임자년 겨울에 유자신의 아내 정 씨가 대궐에 들어와 딸과 사위 셋이서 머리를 맞대고 사흘 동안 자정이 넘도록 의논했다.

계축년 정월 초사흘부터 저주를 시작하되 털이 하얀 강아지의 배를 갈라 들여오며, 사람을 쏘는 그림을 바깥의 사람들이 다니지 않는 곳과 대전이 주무시는 곳에 놓고, 또 담 너머와 대전의 책상 밑이며 베개 밑까지 놓으며, 이렇게 하기를 사월까지 하면서 말을 내기는 임해군 때 유영경의 부인이 하던 일까지 한다고 하며 온갖 말을 지어냈다.

"국무녀(國巫女) 수련개가 이르더라."

우리가 의심을 하지 않도록 하기 위함이었다.

우리 쪽에서는 이편 사람들이 다니는 곳이 아니므로 설마 우릴 보고 의심한 일이야 아니겠지 하고 염려도 하지 않았다. 또 비록 염려를 했다 한들 어떻게 할 수도 없는 노릇이었지만, 말이 우리한테 누설되면 자기네의 일이 그릇될까 한 데서 한 짓이었다.

사월에는 유가, 이이첨, 박승종 등 심복들과 꾀하여 방정했다. 박응서가 포도청에서 낱낱이 자기의 죄를 자백하니, 사형 판결 문서에 결재를 내려야 할 것이건만 유·이·박 삼적이 포도대장을 꾀어서 죽인 다음 다른 죄수는 도로 가두고서 이리이리 대답을 하라고 맞춰 놓았다. 그 도적은 제가 살겠다는 억측으로 온통 시킨 대로 상소했다.

사월 스무엿샛날 상소가 들어간 즉시로 고변(告變, 반역을 고발하는 일)이라고 소문을 미리 퍼뜨리고, 적도(敵徒)에게 가르쳐 주며 임금 앞에서 이렇게 물었다.

"네가 김 부원군(인목대비의 아버지인 연흥부원군 김제남) 집에

갔지? 그렇다 하면 살리라."

그러자 도적이 대답했다.

"살기는 소중하오나 부원군은 모르나이다."

대군의 이름도 말하라고 부추기자, 도적이 대답했다.

"한 부원군이 무엇이 귀하여 묻지 않았다고 하겠습니까? 그 집의 대문도 모르나이다. 아무리 살려 주겠다고 하시지만 모르는 사람을 어찌 거들겠습니까? 대군도 우리 부원군을 올리란 말이지 부원군도 알 바가 아닙니다. 남에 대하여 애매한 말을 어찌하리이까?"

그러하니 그의 부모를 잡아다가 극형에 처하며 어떤 때는 어미를 앉혀 놓고 그 앞에서 아들을 치는가 하면, 어떤 때는 아들을 앉혀 놓고 그 앞에서 어미와 동생을 치는 등 온갖 잔인한 짓을 다하였다.

그러자 어미가 말했다.

"아들아, 무복하여서라도 나를 살려다오."

이에 아들이 대답했다.

"아무리 어버이가 중해서 살리고자 한들 거짓말을 하면 나도 서럽거든 남에게 미루고 어떻게 뒤끝이 좋을 수가 있으리오?"

그러자 어미가 말했다.

"자식이 소중한들 근거 없는 말을 내 어찌 감추리오?"

그러나 문사낭청(問事郎廳)이 이렇게 생소하게 굴다가 양갑은 어미가 극형을 당하여 죽었다고 말하자, 그 뒤부터는 남의 말을 하듯 대답했다.

"부원군도 아나이다."

그러자 다시 물었다.

"네가 그 집에 가 보았더니 어떻게 하더냐?"

그 물음에 이렇게 답했다.

"갔더니 술을 내어 대접하더이다. 반역을 꾀하는 게 분명하더이다."

저는 정형(正刑)을 받았지만 제 아비만큼은 죽여서 안 되겠다고 아들이 살리니, 그 언약을 하느라고 급해지니 무복을 했던 것이다.

이 뒤부터는 아이 어른 할 것 없이 더욱 극형에 처하여 무복을 받으려고만 힘을 써서 큰 옥사를 일으켰으나, 나인들 죽일 일을 어렵게 여겨서 방자를 하고자 하되, 구실이 없어 하지 못했다.

그러던 어느 날 박동량이 공을 세워 보려고 거짓말로 유릉(의인왕후의 능) 방정 사건을 거들었다.

"순창(유릉 방정 사건에 등장했던 무녀)이 대군 위로 선왕 편찮으셨을 때 했다는 말을 듣고 늘 서러워하더니, 고할 곳이 없어 언제나 원수를 갚으려나 하더이다."

이른바 유릉 방정 사건은 정미년에 선왕이 편찮으셨을 때 유릉 기슭에서 굿을 하다가 들었더니, 어느 궁인인지 알지 못하는 이가 무신년 여름에 법사(法司)에서 국무녀 수란개를 친국했다가 애매하다 하며 도로 놓아주었다고 하더라는 것이다.

나라에서 수란개 외에 잡무녀를 쓰지 않는 것으로 모든 사람이 알고 있는 터였는데, 유가가 박동량에게 이렇게 하면 살려주마 하고 달래어 자신의 뜻대로 일을 모두 거짓으로 꾸민 것이었다.

우리 전에선 순창이 시켜 했다고 하여 꼭 본 양으로 말하며 모식 모해를 하니, 이런 말을 곧이들으려 하다가 유릉 방정도 했으니 우리 쪽 방정도 이러저러했다 하고, 그제야 단서를 잡아야 한다고 했다.

그런데 오월 열여드렛날에 침실상궁 김 씨와 대군의 보모상궁과 침실시녀 여옥이와 대군의 보모상궁 환이를 소명한다고 써 가지고 와서,

"박동량의 초사(招辭)니 빨리 내어줍소서."

하니, 그 나인들이 하늘을 부르고 땅을 두드려 궁중이 떠나갈 듯이 진동하고 곡성이 하늘을 찔렀다.

"박동량, 도적놈아! 우리의 이름을 알기나 알더냐? 나라하고

무슨 원수가 졌다고!"

"저기 가서 모진 형벌을 어떻게 당할 것이냐? 차라리 목을 매어 죽으리라!"

하고, 김 상궁과 유 씨는 목을 매달았거늘 모두 달려들어 끌어내 죽지를 못했다.

"여기서 죽으면 일을 저질러 겁이 나서 죽었다고 할 것이니 나가 보아라."

이럭저럭 시간이 흐르니 그 서러움이 어떠했겠는가.

천지가 찢어질 듯하며,

"이제 죽으러 가나이다. 우리가 무슨 일을 당하더라도 지하에 가서 다시 감해올소이다."

하고 말할 때 그 마음속이 어떠했겠는가.

박동량은 임진 때 호종(扈從, 임금이 출타하거나 피란할 때 모시고 따르는 그 사람)이요, 나라와는 사돈간이 되어 선조대왕의 국상 때 수릉관(守陵官)이 되어 선왕께 입은 은혜가 하늘같이 높고, 우리 전에서도 유릉산의 일로 해서 제신(諸臣) 가운데서도 각별히 관대하게 대하셨다. 보통 때는 상덕이 크고 많아 부원군께서도 각별히 우대하셨다. 그런데 그런 흉악한 꾀를 내어 원한이 사무치고 아프고 쓰린 환난을 일으킨 일을 허다히 열어 주니 일부러 붙는 불에 섶을 안고 뛰어드는 격으로, 어찌 피와 살을 가진 인간으로서 할 짓이겠는가.

사정이 그러했기에 나인들은 더 소리를 지르며 그를 꾸짖은 것이었다.

"박동량아, 우리의 이름을 알기나 하더냐?"

이 한이야 죽는다고 잊히랴마는, 저버리는 걸로 말하자면 무지몽매한 사람인들 이보다 더 심하지 않을 것이다.

그중에도 김 상궁은 열네 살 때 선조대왕의 수레를 모시고 따라가 잠시도 곁을 떠나지 않고 환조하셨으니 충성껏 시위한 일로는 대공신을 할 수 있으련만 나인인 까닭으로 반공신도 못하셨지만 궐내위장을 지내시고 궁인 중에서도 위대한 분이셨다. 그런데 그를 우두머리로 만들어 잡아내니, 그가 서문(西門, 서소문)을 나가면서 이렇게 말했다.

"아무 나란들 아비의 첩을 나장의 손으로 잡아내니, 임금도 사납거니와 신하도 하나같이 사람다운 게 없도다. 이덕형, 이항복 두 어른께서는 정승 자리에 올라 여기 앉았더니, 임진왜란 때 호종하던 신하치고 내 이름을 모르는 이는 없을 것이외다.

평양으로, 함경도로 깊이 들어갈 때 나인을 내보내지 않으니, 큰길에서 오래 머무르시게 되면 선전관(宣傳官)을 보내어 우리를 찾아오실 때는 비록 창황중이나 몸이 커 가르쳐 드릴 사람이 없더니, 그 선왕마마의 아들이 임금 자리에 서 계셔서 오늘날 이런 욕을 볼 줄 알았다면 무신년에 재궁(梓宮) 밑에서 죽기나 했을 것을.

당나라 장수가 평양 보통문을 깨뜨려 왜적을 물리친 기별을 전해 주시니 우리 다 기뻐 날뛰며 이제야 모두 살아서 환조하실 날이 있을 거라며 즐거워하던 일이 어제인 듯 생생하더니, 그때 난에선 벗어났으나 종묘(宗廟)와 사직(社稷)을 위하여 서둘러 군사를 파견하고 입궐하시니, 인심이 진정되어 있지 못하여 옷고름을 풀고 제대로 잠을 주무시지 못하시던 차에, 하루는 하인이 닭을 잡으러 집 위에 올라간 것을 내간을 엿보는 도적놈인 줄 여기고 오시니, 후궁은 놀라서 나왔고 상감께서는 내관에게 가시어 작은 환도(還刀)를 주시며 '급한 일이 있을 때엔 자사하라.' 하시니, 제각기 작은 환도를 손에 쥐고 가슴을 두근거리며 기다리던 일도 있었건만, 그 시절 다 지나고 우리 선왕마마의 아들이 임금 자리에 서서 오늘날 이렇게 욕을 볼 줄을 어찌 알겠으리오.

의녀(醫女)를 시켜 잡아내는 것도 아니고 나장의 손으로 잡아내게 하니 이 욕이 내 몸에 당하기나 할쏘냐.

대왕께서 가까이하시는 여자나 나라의 녹을 자시는 신하들은 다들 명심하소서. 이제 이렇게 하는 게 옳은 일이오니까? 이 도리로 임군을 속이면 서로가 다 망하는 길밖에 없소이다."

이처럼 긴 해가 저물도록 참언(讒言)을 하자, 진술을 시키려다 못하고 이런 말을 듣고 의녀를 보내기로 정했던 것이다.

옥중에서 이처럼 바른말을 할 수 있을까?

속히 끌어내어 약사발을 내리고, 그 밖에 대왕을 가까이 모시던 사람들에게도 다 약사발을 내렸다. 또 남은 이는 상궁에 이르기까지 모조리 중형을 베풀어 박동량의 초사라고 하며 유월 열사흗날에 열세 사람을 임금의 명령으로 불러들이는 소명장을 써서 냈던 것이다.

시녀 계란이, 수사 학천이, 수모 언금이, 덕복이, 춘개, 표금이, 보모상궁의 아우 복이의 종 도섭이, 고운이, 김 상궁의 종 보름이, 보삭이, 대군의 보모상궁 예환이, 수모 향개 등을 도사(都事)와 나장과 당번내관 이덕상이 와서 독촉했다.

"어서 내라."

그러자 우는 소리가 천지를 진동했다. 새로이 망극하여 궁중이 진동하니, 통곡하며 말했다.

"박동량을 알기나 안단 말입니까? 어찌 우리를 이다지도 서럽게 한단 말인고. 죽어서 원혼이 되어도 박동량은 잊지 못하겠습니다. 마마께선 애매하신 일을 남한테 잡히고 계시니, 저희들이야 쉽게 죽더라도 무슨 한이 있으리오마는, 마마께서는 부디 사셔서 우리가 이렇게 죽은 원수를 부디 잊지 마시옵소서. 이제 죽으러 가나이다.”

그중에 향개는 병이 들어서 나가고 없는 것을, 두고도 속이고 내어 주지 않는다면서 의녀 대여섯이 와서 공주와 대군이 들어 계신 침실까지 샅샅이 뒤지며 소리쳤다.

“어서 내라.”

이들이 독촉하여 보채니, 상궁 하나가 급히 말했다.

“평일에 병이 들어 나가고 없느니라.”

그래도 자꾸 와서 같은 말을 반복했다.

“어서 내라. 내놓지 않으면 감찰상궁을 하옥하겠느니라.”

의녀가 예닐곱씩이나 흩어져 궁중에 있자, 공주와 대군은 몹시 무서워하시고 대비께서는 소복을 하시고 엎드려 계셨다.

“없는 나인을 내놓으라 하니, 이렇게 핍박히 보채는 데가 어디 있느냐? 와 있는 내관한테 내가 친히 이르리라.”

대비께서 말씀하시니, 내관이 사뢰었다.

“나가고 없다 하더이다.”

의녀가 말했다.

“거짓말이니 어서 가서 데려오너라.”

대비께서 말씀하셨다.

“마음대로 못 하나이다.”

의녀가 말했다.

"침간이라도 뒤지라는 명령이시니 모조리 뒤져서 찾으리다."

그러자 나인이 주먹으로 쳐 물리치며 꾸짖어 말했다.

"네 아무리 명을 받았다지만 어느 누가 계신 곳이라고 감히 이렇게 방자하게 구는고?"

"우리도 살려 하네."

모두들 안으로 들어가니, 두 아기는 대비마마를 의지하여 한 쪽에 하나씩 포대기 밑에 엎드려서 숨도 제대로 못 쉬며 무서워 우셨다. 뵙기에 딱하고, 그 참담한 모습에 가슴이 미어지는 듯 하여 차마 바로 보지 못했다.

이튿날 감찰상궁 둘은 다 잡아내 갔고, 유월 스무여드렛날에 는 대군의 유모가 넷이라고 소명장을 써 가지고 와서 말했다.

"이 수대로 다 내라."

"아기께서 자라시매 유모는 다 나가고 없다."

"공연한 말이니, 어서 내라."

하고 보채더니 궐 밖으로 가서 잡아갔고, 칠월에는 수사 명환이, 수모 신옥이, 표금이 등 여남은이나 되는 하인들을 잡아내 갔다.

삼십여 명이나 되는 궁인들이 한마디도 무복을 하지 않고 죽 어 갔다. 그러자 방정을 한 노릇이 헛일이 될까 걱정을 하여, 나 인의 종으로 나이가 열다섯쯤 된 아이를 데리고 나가 맛있는 음식을 먹이면서 달랬다.

"살려 줄 터이니 이리이리 말하라."

어린 종이, 남들 죽는 양을 보고 무슨 재주로 살기를 바라며 또 무슨 충성된 마음이 있다고 죽을 곳을 가려고 하겠는가.

나인의 종이 시킨 대로 대답을 하니 그제야 방정을 한 일을 자백했다고 말하고, 평소부터 유자신이 집에서 사귀어 오던 맹녀 고성이를 후하게 대접하며 데려다가 온갖 말을 이르고는 그 종을 가르치도록 했다.

"이것이 대군을 부축하는 곁나인이고 나는 대군의 보모상궁이오. 대전과 동궁의 팔자는 어떻고 운수는 어떠며, 갑진생이 병오생을 위하여 을해생과 무술생을 해하려고 하니 이룰 것이냐, 이루지 못할 것이냐?"

하고 방정을 하더니,

"득할 것이냐, 득하지 못할 것이냐?"

하며 오만 가지 방법으로 방정하는 짐승을 말해 들려주었다.

"이리이리 하노라."

하고 아무 날로 정하더니,

"길흉이 어떠한가?"

하며,

"이것이 대군 곁에서 모시는 나인이요, 나는 대군의 유모다."

하여 이것을 잊지 않도록 몇 번씩이나 들려주었다.

그러고는 고성이 자백했다고 하며, 고성에게 물었다.

"오윤남(연흥부원군 김제남의 종)이 네게 가서 점을 친 일이 있느냐?"

"오윤남이란 이름은 듣던 일도 없고 임 별패(상전을 모시는 머슴)라는 사람이 점을 쳤나이다."

하고 말하고, 덧붙여 말했다.

"대군의 팔자가 어떠냐고 물으며 점을 쳤나이다."

"네가 잘못 알았다. 오 별좌가 아니뇨? 윤남이를 별패라고 하니 오 별좌가 틀림없다."

"천부당만부당이오. 오가가 아니라 임 별패라 하옵니다."

하고 다시금 우겼다.

"임 별패라고는 없느니라. 네가 몰라서 그렇지 오 별좌임에 틀림없느니라."

하고 우기면서, 오윤남이 무복하지 않자 당하에서 죽였다.

그리고 열두 살 된 오윤남의 아들이 압사하여도 모른다고 잘라 말하자,

"문복(問卜)하더라고 말만 하면 살려 주마."

하고, 한편 살살 달래며 물어보았다.

"과연 문복을 하더이다."

하고 말을 하니, 오윤남의 아들이 자백했다고 말을 퍼뜨렸다.

사실대로 자백을 했다면 죽일 일이겠지만 시킨 대로 말을 하면 살려 주겠다고 언약을 했기 때문이다.

대개 살인 도적이 생기면, 두 마음을 품고 쌀을 자루에 넣어서 메고 문벌이 높은 사람들의 집을 찾아다니며,

"대비전에서 대전과 동궁을 죽이려고 방정함이 석 달째 되니 하도 민망하여 어디 영검한 무당이 있나 알고자 하는 것이니, 혹시 여기 무당이 있는가?"

하고 두루 다녔다.

그렇게 하는 때는 일이 저렇게 되어 하도 민망하여 물어보려고 하는 것이며, 이렇게들 알고 있어야 이 옥사를 옳다고 여길 것이기 때문이다.

털이 흰 강아지의 배를 갈라 유자신의 아내가 동글납작한 작은 고리짝에 담아 들여갔던 것이었다.

살인 도적의 일로 부원군이 죄를 입어 잡히셨다는 이야기를 들으시고, 대비께서는 뜰에 있는 박석에 머리를 부딪치시며 통곡하셨다.

"대군으로 말미암아 이런 화가 부모 동생에게 미치니 어찌 차마 가만히 듣고만 있으리까? 내 머리털을 베어서 표를 보이니 대군을 데려다가 아무렇게나 처치하고 아버님과 동생일랑 놓

아주옵소서. 자식으로 인하여 어버이에게 해 미치는 일은 차마 살아서 못 보겠소이다."

그러자 대전에서는 이렇게 대답했다.

"어찌 이런 말씀을 하옵시는지요?"

"임해군을 정성껏 대접하여 두었던 것을 제 병이 나서 죽었거늘 살형이란 말과, 선왕 약밥에 치독하여 승하하게 했고 선조의 궁인을 알지도 못하는 처지임에도 시부살형했고 음증했다는 말을 그곳에서 소문 내었으니 이 원수는 불공대천이로소이다. 글월을 보내지 마십시오. 어린 대군이야 뭘 아니이까?"

대비께서 유자신의 아내에게 비오시니, 이렇게 회답했다.

"서양갑의 아비며 박응서의 아비가 다 서인(西人)으로 연흥부원군과 한편 사람이니 어찌 모른다고 하옵시나이까? 애매한 게 아니오니 다시 말 붙이지 마시오소서."

두 곳에서 다 이러하니 시부, 음증이란 것은 우리로서는 듣지 못했다가 이 말을 듣고 깨닫게 되었다.

그날 선왕께서 약밥인지 고물인지 드시고 즉시 구역질을 하오시고 위급해지셨던 터이니, 선왕의 근시인이 모두 그의 심복이니 독을 넣었다 함이 하나도 이상할 게 없는 일이었다. 한편 적신 정인홍의 상소로 말미암아 평소의 병환이 위급해지신 것이니, 구태여 칼로 자르거나 매로 쳐서 죽었다 하지 않더라도 가희 그만하면 시부라고 할 수 있을 것이었다.

음중도 선묘를 가까이 뫼시던 숙진이 가희의 집안사람이니 매양 은근히 대했는데, 그런 행동을 하고 보면 음중한다 해도 하나도 이상할 게 없는 노릇이다.

실형이란 말을 듣게 된 것도 형님 되시는 임해군을 하늘도 우러러보지 못하게 가시 성 속에 가둬 두고 된장 덩이와 보리밥을 드렸다. 그러다가 당장 온다는 말이 나니까 자기의 심복 되는 의원을 보내어 주찬을 갖다 드리면서 독주를 마시게 하고 온돌에 불을 처때어 방을 뜨겁게 달구어 그 안에 들어가게 한 다음 쇠를 잠그고 나왔다. 임해군이 가슴을 다쳐 피가 흐른 자취가 분명했다고 하는데, 그 무렵에는 차비하인들까지도 들어가 구경하는 것을 금하지 아니했으므로 이런 사실을 모를 이가 뉘 있겠는가. 그렇지만 이 모든 소문을 대비전에서 냈다고 했다.

비록 소문을 냈다고 가정한다 할지라도, 옳지 못한 일을 저질러 놓고서 소문을 낸 사람과 불공대천지 원수 될 것이 무엇이겠는가.

이런 말을 내고 오월 초닷새 차비문(差備門, 임금이 평상시에 거처하는 편전의 앞문)에 병사 만 명을 포설하고 위립하여 밤낮을 가리지 않고 목탁 두드리는 소리가 천지를 진동하니, 그렇지 않아도 땅 위에 오른 물고기인 양 맥을 가누지 못하시고 주야로 근심하고 계신 터에 목탁 소리가 진동하여 들이치니 마음이 혼미하고 몸이 노곤하여 졸도하실 듯 놀란 일도 그 몇 번이었는지 몰랐다.

이와 같이 다 된 후는 반쪽 말도, 자명하옵신 일도 공연히 생트집을 잡아 일을 만드느라고 어린 응벽(나인 덕복의 생질)을 극형에 처하며 물었다.

"그런 방정을 제가 하여 목릉(선조의 능)의 흙을 파고 부적을 묻었소이다. 궁중의 도제조와 함께 다니되 밤이면 수문장더러는 이르고 다니더이다."

응벽이 이렇게 아뢰니, 그런 중한 죄수의 말을 그대로 믿어 의심치 아니하고 목릉에 가서 제사도 아니 지내고 상돌 밑을 석 자나 파 보았다. 그러나 아무것도 나타나지 않으니까, 두어 곳만 파 보고 또 유릉에 올라가 파 보았다.

지극히 무지스러운 하인배라도 어버이 무덤의 흙을 파헤칠 양이면 고묘하고 상심하는 게 보통이건만, 재천신령을 놀라게 하고, 그 중형한 핏덩이를 끌어 담아 나장이며 군사들을 시켜 궁중 안으로 끌어들여 침전의 행랑채에다 놓게 하니, 나인은 노소 없이 두려워한 나머지 마루 아래로 숨으며 저희들을 잡으러 왔는가 하고 여기저기 숨어 다녔다.

이렇게 헤매는 모양을 어찌 글로 다 기록할 수 있겠는가.

내전에서는 계속해서 날마다 글월을 보내어 재촉했다.

"너희 나인들이 다 알 것이로되 내어 죽였으니 변 상궁, 문 상궁이 분명히 알 만한 일인즉, 변과 문이 다 갑자생이니 두 갑자생 상궁 중 하나를 속히 내보내 달라."

한 일을 번듯하게 했다고 해도 그 끝을 감당하기가 어려운 처지인데, 갑자생 하나를 달라고 한들 누구를 믿고 의지하여 내어 줄 수 있겠는가.

우리 전께서 대답하셨다.

"사람으로서 살아가면서 어진 일을 하여도 복을 못 얻을까 두려워하는 법인데, 하물며 사특한 일을 하여 어찌 복이 올까 믿으리오? 이 또한 천수(天數)이매 설움이 태산 같으나 죽지 못하는 것을 고이하게 여기는 바로소이다. 밤낮으로 눈앞을 떠나지 아니하던 종을 잡아가고 행여 남았을지도 모를 종을 마저 내라 하니, 갑자생 중의 하나를 내놓으면 문초한 뒤에 죽일 것이라 하니, 나는 아무런 잘못도 없는 터에 무슨 죄를 지었다고 목숨을 얻을까 하여 내어놓으리까! 청컨대 여편네들이 앉아서 대전 낮에 똥칠을 하는 짓 좀 제발 마소서."

그 뒤로 다시는 갑자생의 나인을 내놓으란 말을 하지 않았다.

웃전께서 또 이르셨다.

"박자흥이 이이첨의 사위가 된 지 얼마 안 되어서 진상을 했기에 우리 전에서 답례로 베개를 주신 일이 있었는데 이때 한다는 말이, 베개 속에다 방정을 하여서 그 베개를 벨 때마다 속에서 병아리 소리가 들리기에 풀어 보니 잡뼈와 빼도리 그리고 관 조각 따위가 들어 있다고 하니 어찌 이런 일을 할 수가 있겠는가 하며, 필경 갑자생 아니면 침실 보살피는 갑자생의 나인 중에서 한 짓이라고 하니, 생각지도 못할 이런 꾀를 내어 남은 나인들을 마저 죽이려고 하니 세상에 이런 사흉한 사람이 또 어디 있으리오?"

그러자 어린 대군이 궐내에 계신 일을 민망히 여겨 만대에 걸쳐 기롱을 들을 것이 두려웠는지 가장 어진 체하며 대전에서 말했다.

"조정에서 대군을 내놓으라고 성화입니다. 날마다 보챘지만, 어린아이가 무엇을 알겠느냐 하며 들은 체를 않았거니와, 서양갑, 박응서 따위의 도적들을 사귀어 역모를 하는가 하면 한편으론 방정을 하는 등 대란이 났으니 이제 와서 뉘 탓으로 돌리려 하는고?"

이런 말을 한 지 얼마 되지 않아서 내관에게 전언을 하여 일렀다.

"대군을 하도 내놓으라고 보채니 듣지 않으려고 견집했지만, 이제 와서 조정이 노하고 있으니 하는 수 없습니다. 그 노여움을 풀어 주기 위하여 잔치에 참석케 하려 하니, 잠깐 문밖에만 내보내서 노여움을 풀게 해 주소서."

내관의 전언을 들은 웃전께서는 말이 하도 흉측스러워 차마 바로 듣지를 못하시고, 모시는 이들도 마음이 그지없이 산란하여 가슴이 미어지는 듯했다. 그러나 말에 대답하지 않을 수 없어 입을 열었다.

"이 세상에서 저지르지도 않은 큰 변을 만나 아버님과 맏동생을 죽이셨으니, 내 자식의 일로 인해 어버이께 큰 불효가 되어 세상에 용납되지 못하게 되었습니다. 그건 그렇다치고 대군이 나이 들어 제법 철이라도 났다면 자식을 내어주고 어버이를 살려 달라 하는 게 옳은 것이지만, 이제 내 슬하를 떠나지 못하며 동서도 분간치 못하는 일고여덟 살 철부지 어린애니, 애초에 대군을 데려다 종으로 삼아 제 명이나 다하게 하시고 아버님과 동생을 살려 주십사 하며 내 머리털을 친히 베어 친필로 글월을 써서 보냈건만 받지 않으시더니, 이제 와서 어찌 이런 말씀을 하십니까? 어린아이가 어찌 알기나 할 노릇이며 어른의 죄가 아이한테 당키나 합니까?"

대전에서 대답했다.

"선왕께서 불쌍히 여기라고 하신 유교도 계신 터이고, 대군에 대해선 아무 염려 마십시오. 머리털은 두지 못할 것이니 도로 드리는 것입니다."

이에 웃전이 말했다.

"아버님께서 돌아가시게 된 일을 생각하면 간장이 메어지는
것 같으나 나라의 법이 중하여 내 마음대로 살려 드리지 못했습
니다. 그러나 이 아이는 선왕의 유자(遺子)인 만큼 그래도 좀 생
각을 해 주실까 했는데 새삼스럽게 그런 말씀을 하시니 말의 앞
뒤가 맞지 않음을 생각할 때 서러워질 따름입니다. 어린아이를
어디다 감추어 두겠습니까? 내가 품에 안고 함께 죽을지언정
내보낸다는 건 차마 못할 노릇입니다."

그러자 대전에서 또 글월을 보내왔다.

'아무러면 아이더러 아는 노릇이냐고 족치겠습니까? 아무튼
문밖으로 피접(避接)을 나는 일도 예부터 있는 일이니, 그 정
도로 여기시고 좀 내보내 주십시오. 조정에서 하도 보채어 그
들의 마음을 풀어 주려는 노릇일 뿐입니다. 대군에게 해로운
일이 있을까 하는 근심은 조금도 마십시오.'

이에 웃전이 대답했다.

"내 낯을 봐서가 아니라 대전도 선왕의 아드님이시고, 대군
또한 아들이니 정을 생각해서 설마 해할 리야 있겠습니까? 다

만 대군의 나이 열 살도 못 되었고 대전도 아시다시피 한 번도 대궐 밖을 나가 본 일이 없으니 어디다 숨겨 두겠습니까? 선왕을 생각해서 인정을 베풀어 주십시오."

대전이 또 대답했다.

"문밖에 내어 주십사 해 놓고 설마하니 먼 곳으로 떠나보낼 리야 있겠습니까? 이 서문 밖 궐내 가까운 곳에 벌써 거처할 집을 정해 놓았습니다. 궐내에 두면 조정에서 계속 성화같이 보챌 것이니 내보내어 그들의 마음을 시원하게 해 주는 게 대군에게도 좋은 일입니다. 어련히 잘 보살피겠습니까? 거짓말을 하는 게 아닙니다. 이 말을 철석같이 믿으시고 부디 내보내 주십시오. 다 좋을 대로 하리이다."

웃전이 또 대답했다.

"여러 번 이렇게 말씀하시니 서러운 중에도 망극합니다. 선왕을 생각하고 옛날에 국모라 하시던 일을 생각하신다니 감격하거니와 대전께서도 다시 한 번 고쳐 생각하십시오. 사람이 자식을 많이 두어도 하나같이 다 귀여운 법인데, 나는 두 어린애를 두고 선왕께서 돌아가셨으니 그때 바로 죽었을 것이나 지금껏 살아남았음은 어미의 정으로 차마 어린것들을 버려 두고 죽을 수 없어 지금까지 목숨을 유지해 왔습니다. 그런데 오늘날 또 이런 일을 당함은 대왕을 위하여 죽지 않고 살아남은 죗값인가

합니다. 죽을지언정 차마 어린것을 혼자 내보낼 수는 없습니다. 어찌 나만 살 수 있으리이까? 나도 따라가게 해 주신다면 함께 나가겠습니다."

그러나 대전은 듣지 않았다.

"그 말씀은 옳지 않습니다. 대군이 궐내에 있으면 오히려 조정에서 노하여 죽여 버리고 말 것입니다. 나는 전(殿)을 보나 대군을 보나 서로 좋도록 하려 했는데, 끝내 이토록 들어주시지 않으니 그렇다면 나도 내 마음대로 할 수 없으므로 조정에서 하는 대로 할 뿐입니다. 이제라도 내보내 주시면 살 수 있도록 하겠거니와 거역하고 내보내 주지 않으신다면 살지 못합니다."

이렇게 심하게 구는 바람에 모시고 있는 사람들이며 모두가 여쭈었다.

"처음부터 흉측한 마음을 품고 그때마다 여러 말을 받아 여러 번 말을 일러 내니 도저히 이기실 수가 없으시니 좋도록 대답하십시오."

웃전께서 말씀하셨다.

"내 어찌 어린아이를 내어보낼 수 있으리! 애초에 이런 일이 있을 것 같아 내 먼저 죽으려 했더니, 늙은 나인들이 하도 서러워하며 내가 죽으면 나인을 하나도 살려 두지 않을 것이니 오래 산 나인도 불쌍히 여기라 애원하기에 설움을 참고 살았다가 아버님과 동생을 죽였다는 말을 듣고도 지금까지 살아 있는데, 이제 대군을 내어주면 누구를 믿고 살아갈 것이리! 빌어 보아도 들어줄 길이 없고 내보내자 하니 차마 못할 노릇이니, 천지간에 이 설움이 어떠하랴? 나로선 결딴을 낼 말을 차마 하지 못하겠노라."

그러고 나서 사이에 낀 나인에게 글을 보내 왔다.

'너희 전을 위하여 온갖 모책을 다 하다가 일이 탄로 났거늘, 이제 와서 뉘 탓으로 돌리고 대군을 내어주지 않느뇨?'

이 글을 본 나인이 풀이 죽어 대비전에 여쭈었다.

"여러 가지 흉악한 마음을 품고 있다가 이제 대란을 지어내어 본가댁, 외가댁이며 나인들을 다 내어 죽였고 또 대군을 내라 하니 망극하기 그지없는 말이야 어떻게 다 이르오리까마는, 하늘도 무슨 허물을 보셨다고 이런 애매한 일을 당하게 되었는데도 돌봐 주심이 없어 날이 갈수록 점점 망극한 말이 오고 또 와 당해 낼 도리가 없으시니 '문밖에만 내보내 주십시오.' 할 때 못 이기시는 척 내보내 주십시오. 범을 만나도 정신만 차리면 산다지만, 이 범은 피하기 어렵사오니 속히 허락하셔서 사람의 목숨을 잇게 해 주소서."

그 말을 듣고 웃전께서 더욱 애통해하시고 망극함을 이기시지 못하는 양을 어떻게 표현할 수 있겠는가.

그런데 내관을 시켜 다시 말을 전해 왔다.

"어서 내놓도록 하십시오. 지체하면 그만큼 죄가 커집니다."

이렇게 되자 더 이상 버텨도 소용없을 줄을 아시고 웃전께서 대답하셨다.

"이 설움을 어디다 견주어 말할 수 있으리까마는 대군을 곱게 있게 해 주마고 벌써 여러 날을 두고 말씀을 전하신 터요, 내전에서도 속이지 않겠노라고 극진한 투로 글월에 적으셨으니, 대군을 선왕의 유자라 너그럽게 생각하사 하늘이 준 명을 고이 부지하여 살게 해 주마고 거듭거듭 말씀하신 터니 이 말을 표로 알고 내보내겠습니다만, 아버님과 동생을 죽게 했으니 그 슬픔인들 무엇으로 측량하여 말할 수 있으리까! 이제 둘째 동생과 어린 동생이 살아남았다 하니, 바라옵건대 이 두 동생만이라도 살려 주시면 대군을 내보내리이다. 서럽게 죽은 가운데서나마 절사나 되지 않도록 하여 주시기를 비나이다."

이에 대전이 기꺼이 대답했다.

"두 동생들일랑 고이 살게 하겠습니다. 대군을 빨리 내보내 주십시오. 종이며 그릇들이며 궐내에 있던 대로 갖추어 보내십시오. 언감생심으로라도 다른 길로 빼돌리지 마시고 저 살림하던 것을 덜어 보내는 일이 없도록 하십시오. 피접을 나가는 것이니 오히려 편안하고 좋을 것입니다. 날마다 안부 전하는 사람도 드나들게 하겠습니다. 먹을 것도 보내십시오. 마음대로 보내시고 하시고자 하는 일은 다 들어드리겠습니다."

이런 일이 있은 다음 날 장정내관 여남은 명이 안으로 몰려와 사잇문을 여니 장정나인 둘, 감찰상궁 애옥이, 꽃향이, 은덕이, 갑이, 색장나인 셋, 무수리 둘 그리고 젊은 나인 예닐곱이 넘어오니 우리 전 나인들은 하도 두려워 구석구석에 몸을 웅크리고 있었다.

그러자 그들은 침실에 올라앉으며 말했다.

"무엇이 부족하고 무엇이 마땅치 않아 이런 일을 저지르시는고? 대군 곁에 천이 없던가, 명례궁에 천이 없던가? 대비의 칭호라도 바치시고 대군을 살리려 하실 일이지 어찌하여 이런 역모를 하실꼬? 어린아이가 뭘 알까마는 일을 저질러 놓고 뉘 탓으로 돌리려 하는고? 어서 대군을 내보내시오."

말이 하도 흉악망측스러워 사람이 차마 들을 수가 없었다. 하도 말 같지 않아 웃전이 잠자코 있으려니, 그들이 또 꾸짖는 것이었다.

"다 옳은 말을 했으니 무슨 할 말이 있다고 대답하겠는가? 여러 말씀 안 하시는 걸 보면 정말 우리의 말이 옳군그래. 너희 나인들이 대군을 어서 나시게 해야지 만약 그렇지 않고 지체하여 더디 내보내시게 한다면 너희 나인들은 모조리 죽음을 당할 것이니 그리 알아라."

웃전께서는 인사불성이 되어 돌아가실 뻔하다가 겨우 정신을 차리시고는, 곁에서 부축하는 나인 우두머리 너댓 사람을 들어오라 하셨다.

"너희들도 사람의 탈을 썼으면 설마 나의 애매함을 모를 리가 있겠느냐? 내가 무신년에 죽지 않고 살아온 것은 대전이 선왕의 아드님이시기에 두 아이를 의탁하여 편안히 살게 해 줄까 함이었는데, 여러 해를 두고 하루도 마음 편할 날이 없이 근심으로 살아왔거니와 이제 이 흉적을 당해 이 세상에서 용납할 수 없는 대역이란 죄명을 뒤집어쓰게 되었으나, 하늘이 알지 못하여 이토록 애매한 처지를 변명조차 안 해 주니 내가 무슨 말을 한단 말이냐.

이제 밖으로는 아버님과 동생을 죽였고, 안으로는 나를 받들던 나인들을 죽였으니 이 어린것의 몸에 죄가 미칠 까닭이 없겠건만 또 대군을 내놓으라고 강요하니 차라리 내가 저희 앞에 바로 죽어서 이런 기막히고 서러운 말을 듣고 싶지 않다 했더니, 대전의 말과 내전의 말이 아직도 내 귀에 쟁쟁히 남아 있고 나인들이 증인이 되었으니, 임금이 설마 국모를 속이겠으며 범인에 비할 바가 아니라고 여러 번 은근한 말로 일러 오셨으니, 그 말들을 철석같이 믿고 대군을 내보내겠거니와, 두 어린 동생만은 놓아주셔서 어머니를 모시게 하고 선조께 제사나 받들게 해 주신다면 대군을 내보내려 하노라. 이 말대로 대전과 내전에 전하도록 해라."

웃전께서 이렇게 말씀한 후 애통해하시니, 사람으로서 눈물 없이 어찌 차마 들을 수 있겠는가마는 그년들은 모진 말을 거리낌 없이 하는 것이었다.

"그렇게 말씀하시지 않더라도 대전께서 어련히 알아서 잘하시겠습니까? 속히 내보내도록 해 주십시오."

차마 대군을 내보내시지 못하고 한없이 통곡하시니 두 아기들도 곁에서 함께 우셨다.

그러자 웃전께서 통곡하시며 말씀하셨다.

"하느님이시여, 내가 무슨 죄를 지었다고 하늘은 이토록 섧게 하시는가?"

그러면서 하도 섧게 우시니, 비록 철석같은 마음을 가진 사람인들 어찌 눈물이 나지 않겠는가마는 장정나인들이 틈틈이 앉아서 울러 댔다.

"너희의 울음소리가 들리면 대군을 안 내주실 것이니 좋은 낯으로 어서 빨리 들어가 여쭤야지, 행여 서러운 빛을 보이거나 하면 다 죽게 하리라."

제각기 눈물을 감추고 들어가 여쭈었다.

"벌써 범에게 잡혀 모면하실 길이 없게 되셨습니다. 병환이
드신 본가댁 부부인 마님께서 지금 살아 계심은 오로지 위를 믿
고 의지하심일 텐데 미처 부원군 뼈도 제대로 간수하지 못하신
형편이실 겁니다. 두 동생이나 살려 주시거든 제사는 받들게 하
시고 설움은 잠시 참으셔서 대군을 내보내십시오."

날은 저물어 가고 어서 내라는 재촉은 성화같고 또 안에서는
나인마저 나와 재촉하니, 하늘을 깨칠 힘이 있다 한들 어찌 그
걸 이길 수 있겠는가.

"너희가 이러니까 할 수 없이 우리가 들어가서 대군을 빼앗
아 데리고 오겠다. 너희 한 사람이라도 살 수 있나 어디 두고 보
자."

점점 더 늦어가니 나인들은 우리 시위인을 저마다 꾸짖으며
안으로 들이닥치려 했다.

그러자 나이 많은 변 상궁이 들어가 여쭈었다.

"안팎 장정들을 보냈으며 밖에는 금부(禁府) 하인들이 쇠사
슬을 들고 위립했고 나인들을 데려가려고 의녀대(醫女隊)도 대
령했으니, 우리가 죽는 건 서럽지 않건만 위께서 믿으실 이가
없어 이 늙은 것을 믿고 계시고, 소인도 위를 믿고 의지하여 연

061

약하신 옥체에 혹시 무슨 불행이 닥치더라도 소인이 살아 있다가 막아라도 드릴 수 있을까 하여 죽지 않고 살았는데, 대군아기를 저토록 내주시지 않으니 이제야 죽을 곳을 알게 되었소이다."

윗전께서 말씀하셨다.

"너희는 나인인 까닭으로 자식에 대한 어미의 정을 모르는도다. 인정상 차마 내주지를 못하노라."

한편으로 대군을 모시고 있는 나인들이 대군아기씨를 달래며 말했다.

"사나흘만 피접 나갔다가 올 것이니 버선 신고 웃옷 입고 나를 따라 나가옵사이다."

대군아기씨께서 이르셨다.

"죄인이라 해 놓고 죄인들이 드나드는 문으로 내가게 하니, 죄인이 버선 신고 웃옷 입는 것은 다 쓸데없다."

"누가 그렇게 말씀드렸나이까?"

하니, 대군아기씨께서 대답하셨다.

"남이 일러 줘서 안 것이 아니라 내 다 알았네. 서문(서소문)은 죄인이 드나드는 문이니 나도 죄인이라고 하여 그 문밖에다 가두려 하는 것이다. 나하고 누님하고 간다면 가려니와 나 혼자는 못 가겠노라."

그 말씀을 듣고, 웃전께서는 더욱 아득해하시며 우셨다.

"내주지 않거든 나인들을 다 잡아내라."

나인들이 어서 내라고 재촉하며, 겹겹이 사람을 풀어놓는 것이었다.

대군을 뫼신 김 상궁을 곁나인이 잡아내며 말했다.

"더욱 울고 아니 모셔 내니 옥에 가두라."

김 상궁이 말했다.

"아무리 달래서 나가십사 하여도 저렇게 우시고, 죄인 드나드는 서문으로 나가시라 하니 아무리 어린 아기씨인들 이렇듯 하시거늘 어찌 이리 핍박하여 보채는고? 내가 뫼시고 나갈 것이니 조금만 물러서라."

날은 늦어가고 재촉은 성화같아 하도 민망하여 웃전은 정 상궁이 업고, 공주아기씨는 주 상궁이 업고, 대군아기씨는 김 상궁이 업었더니, 대군아기씨가 이르셨다.

"웃전과 누님은 먼저 나서시고 나는 그 뒤를 따르게 하라."

웃전께서 말씀하셨다.

"어찌 그런 분부를 내리시나뇨?"

대군아기씨가 대답하셨다.

"내 먼저 나가면 나만 나가게 하고 다른 두 분은 아니 나오실 것이니 나 보는 데서 가옵사이다."

윗전께선 생무명의 거상옷이라 이 역시 생무명으로 만든 보를 덮었고, 두 아기씨는 남빛 보를 덮었으며, 모두 상궁들이 업고 차비문에 다다랐더니 십여 명의 내관이 엎드려 아뢰었다.

"어서 나가시옵소서."

윗전께서 내관에게 이르셨다.

"너희도 선왕의 녹(祿)을 오래 먹고 살았으니 설마 어찌 측은한 마음이 없겠느냐? 십여 년을 정위(正位)에 있으면서도 자식을 얻지 못해 늘 근심을 하던 끝에 병오년에 처음으로 대군을 얻으시고 기뻐하시고 사랑하심이 비할 데 없사오셨으나 그 당시에는 강보에 싸인 어린것에 지나지 아니했기에 별다른 뜻을 두셨을 리가 무엇이었겠느냐? 한갓 자라는 모양만 대견해하옵시다가 귀천(歸天)하오시니 내 그때 재궁(梓宮)을 좇아 죽었던들 오늘날 이 서러운 일을 겪었을 리가 없었을 게 아니겠느냐? 이것이 모두 내가 죽지 아니하고 살았던 죄라, 어린아이로서 아직 동서도 구별하지 못하는 철없는 것을 마저 잡아내니 조정이나 대간이나 모두가 선왕을 생각한다면 어찌 이런 서러운 일을 하랴?"

하시고 너무도 애통해하시니, 내관도 눈물을 씻으며 입을 열어 여러 말을 하지 못하고 오직 이렇게 말할 뿐이었다.

"어서 나가시옵소서. 우리가 어찌 그 사정을 모르리까마는 이러고만 계실 것이 아니라."

저 집 나인 연갑이는 웃전을 업은 나인의 다리를 붙들었고, 은덕이는 공주 업은 주 상궁의 다리를 붙들어 걸음을 옮겨 디디지 못하게 했다. 그러고는 대군 업은 사람을 앞으로 끌어내고 뒤에서 떠다밀며 문밖으로 나가게 하고, 우리만 다시 안으로 밀어 넣은 다음 차비문을 닫아 버리고 마니 그 망극함이 어떠했겠는가.

대군아기씨만 문밖으로 업혀 나가자 업은 사람의 등에 부딪쳐 우시면서 외쳤다.

"어마마마 보세."

하다 하다 못하여,

"누님이나 보세."

하시고, 하도 애처롭게 서러워하시니 곡성이 내외에 천지진동하고 눈물이 땅 위에 가득하여 사람들이 눈이 어두워 길을 찾지 못할 지경이었다.

아기씨를 문밖으로 내어 보낸 뒤 그 주위를 호위하여 환도(還刀)와 화살 찬 군장이 삥 둘러싸고 가니 그제야 울기를 그치시고 머리를 숙이고 자는 듯이 업혀 가셨다.

웃전께서는 다시 들어와 계시며 하늘을 우러러 애통해하시었고 여러 번 기절을 하셨다. 사람 없을 때를 골라 목을 매시거나 칼로 자결을 하시려고 사람들을 모두 내어보내라 하시자, 변상궁이 웃전의 그러한 뜻을 짐작하고 밤과 낮으로 곁을 떠나지 않은 채 마주 앉아 여러 가지 좋은 말씀으로 위로해 주었다.

"본가댁에서나 웃전께서나 모두 한결같이 적선(積善)의 뜻을 두셔 사람들을 하나도 해하신 일이 없사온즉 하늘이 무슨 허물이 있다고 보시고 이런 서러운 일을 겪으시게 하는지 모를 일이긴 하오나, 어느 날에고 이 설움을 반드시 벗으시게 될 것으로 아옵나이다. 대군의 나이 이제 열 살도 못 되셨으니 설마 하니 이제 죽이기야 하겠사오리까? 문을 열고 바깥소식에 귀를 기울이실 양이면 자연히 안부라도 들으시게 될 것이오며, 웃전께옵서 살아 계오셔야 본가댁 제사도 맡아 하실 수 있으실 것이요, 소인네들도 거느리실 것이 아니겠사옵니까? 늙으신 본가 어른이 누구를 믿고 살아 계시리까? 아드님을 위하시어 깨끗이 죽고자 하오시나 부모님께 크게 불효가 되는 일이온즉 친정어머님을 생각하시어 손수 죽고자 하시는 마음일랑 거두시고 잠시동안 이 서러움을 견디시어 문이나 열거든 본가댁 분들을 만나셔서 억울한 서러움을 겪고 계신 말씀도 서로 통하시고, 공주아기씨도 또한 자손이오니 비록 따님이오시나 버리고 돌아가시오면 어디 가서 누굴 위하여 사실 것이오며, 이제 친척댁에 가서 붙어 의지하여 사실 양이면 당신이 자라신들 그 서러움을 어디에 갚으실 것이오며, 어린 사람이건만 동생을 올바르게 대우하지 아니하는 지금 처지거든 하물며 웃전께서 먼저 돌아가시고 보면 대군을 죽일 것이며 누이동생을 언제 편안히 살게 할 듯싶으로이까? 이제 반드시 사특한 일을 꾸며 잡아 마저 없애버릴 것이오니, 웃전께서 국모 되신 자리에 계오셔 두 자손을 거느리고 계오시다가 마음속 은근히 방정과 역모를 꾀하다가 발각되어 자결했노라고 사책(史冊)에 올릴 것이오니, 지금 처지가 사람으로서 견디기 어려운 지극한 슬픔임을 다시 이를 길 없사온 줄 아오나 후세에 웃전의 이름이 더럽혀 전해질 것은 깊이 생각하오셔야 할 게 아니겠사옵니까? 이 어리석고 미욱한 짐승 같은 소견에도 이러하오니 애통하심을 참으시고 깊이 살펴 생각하옵소서."

이 말을 들으시고 웃전께서 말씀하셨다.

"낸들 어찌 그런 이치를 모를 리가 있으며 더러운 이름을 씻고자 아니하랴마는 하도 서러워 애를 끓이니 간장이 졸아드는 듯하고 심간(心肝)에 불이 붙는 듯하니, 뒷날 생각은 자연히 없어지고 이 인간 세상을 어서 떠나고자 하여 손수 자결하고자 하노라."

그러고는 잠시도 쉬지 않고 서럽게 곡을 하시며 식음을 드시지 않고 한낱 냉수와 얼음을 드실 뿐이었다. 그러면서 날마다 친정어머님 안부와 대군의 안부를, 문 열어 주시거든 알아 올리라고 보채셨다.

대군은 좋은 말로 많이 달래어 내가셨으므로 하루에 한 번씩 내수사(內需司)로 문안만 알아서 자주 이르라 하고, 자실 음식을 내어주었다. 그러면 그것을 금군(禁軍)의 군사들이 낱낱이 펴 뒤져서 보고 대전과 내전이 가져다가 자세히 살펴본 뒤에야 대군께로 보냈다.

그 후 한 달 만에 대군아기씨는 강화로 옮겨 가게 되었다. 그런데 미리 알려 주지도 않고 늦도록 안부 전하는 사람도 찾아오지 않으므로 웃전께서 수상히 여기시고 근심하시는 것이었다. 아기씨께 보내실 실과(實果)며 고기를 잘 담아 침실에 놓아두시고, 즐기시던 실과와 종이와 붓자루 같은 것들을 곁에 놓아두시며 말씀하셨다.

"어찌 오늘은 여태껏 안부도 알려오지 않는고? 필시 무슨 까닭이 있도다. 아무려나 높은 데 올라가 궁 밖 길의 동정이나 알고 오너라."

명령을 받고 한 사람이 전에 침실로 썼던 다락 근처에 올라가 바라보니 사람들이 돈의문을 빙 둘러싸고 있었다. 다시 성 위로 올라가 굽어보니 그 수를 헤아리기 어려울 만큼 늘어섰고, 화살을 차고 창과 칼을 가진 사람이 수없이 많고 길 가는 거동으로 말을 탄 사람이 굉장히 많은 듯했다.

바라다보고 있으려니 하도 가엾은 생각이 들어 눈물이 절로 흐르는 것을 참지 못한 채 보려고 애를 썼으나 종적을 알 수 없었다. 그러나 자세히 살피니 검은 발로 덩(공주나 옹주가 타는 승교) 비슷한 것을 메고 가는 것이 보였고, 나인 두세 사람은 말을 타고 투구를 쓰고 있었다. 들려오는 소리가 전에 듣던 소리이기에 그제야 이젠 죽이려나 보다 하고 생각하고 내려와 웃전께 여쭈었다.

"아무리 살펴보았사오나 종적을 알지 못하올러이다."

이렇게 여쭈면서도 서러운 생각을 참고 견디는 것이 어려워 가만히 눈물을 흘렸다.

바깥사람들이 길 닦는 곳에 있기에 거기 가서 가만히 들어 보았다.

"대군을 강화로 옮긴다니 참 불쌍하더라."

그제야 강화로 옮긴다는 사실을 알게 되었다.

몇 날이 지났으나 안부도 전해 오지 않고 강화로 옮겼단 말도 일러 주지 않았다.

웃전께서는 나인에게만 무한히 보채셨다.

"어서 안부나 알아다 이르라."

그러나 어디 가서 안부를 들을 수 있겠는가.

웃전께서 더는 참지 못하겠다는 듯이 내관에게 이르셨다.

"안부는 언제고 알 수 있게 해 준다더니 벌써 여러 날째 안부를 알 수 없으니 어디 가 있으며 어찌 언약과 다른가? 먹을 것을 마음대로 보내라 하셨기에 임금으로서 설마 속이랴 했더니, 이제 와서 보면 속인 게 분명하니 간 곳이나 일러라."

그러나 대전에서는 대답조차도 해 주지 않았다.

대군이 아직 밖으로 나가지 않으셨을 때, 대군이 김 상궁에게 업혀 슬픔을 이기지 못하여 우시면서 말씀하셨다.

"내 발을 씻겨라. 목욕도 시켜 다오."

김 상궁이 물었다.

"무슨 일을 하시려고 목욕을 하시렵니까?"

대군은 대답 없이 슬피 흐느껴 우셨다.

그래서 김 상궁이 다시 물었다.

"무슨 일로 그렇게 슬피 우십니까?"

"오늘이 며칠이야?"

"날은 알아서 무엇하시렵니까?"

"알 만한 일이 있어 그렇다."

이렇게 대답하고는 대군이 더욱 서럽게 우셨다.

그래서 좌우의 사람들이 수상히 여기고 있었는데, 바로 그날 대군을 끌어내 갔던 것이다. 그날은 유월 스무하룻날이었다.

총명하신 대군이 당신에게 닥칠 화를 아신 것 같았다.

웃전께서는 더욱 서러워서 곡기를 끊고 밤낮 서럽게 우는 것으로 세월을 보내셨다. 그러다가 주위에서 하도 권하는 바람에 콩가루를 냉수에 풀어 간장 종지로 조금 잡수셨다. 그러나 그것마저 하루에 한 번씩도 안 잡수시면 변 상궁이 울면서 간절히 아뢰었다.

"목이나 적시고 우십시오."

그러면 겨우 두어 번씩 마시는 것이었다.

계축년, 갑인년, 을묘년까지는 꿀물에 콩가루를 조금 탄 것을 하루에 한 번씩만 잡수셨다. 그러면서 문안을 오는 내관에게 말씀하셨다.

"대군의 기별을 알고 싶구나."

그러나 아무리 말씀을 하셔도 내관은 들은 체도 하지 않았다.

안으로 장정나인 십여 명과 바깥에 장정내관들을 보내는 일은 웃전께서 대군을 데려오시려고 밖으로 나가실까 하는 염려에서였다. 그래서 문을 다 밀어서 닫고 사잇문도 탕탕 소리 나게 닫아 버렸다. 그리고 아기나인들이 혹시 울기라도 할 것 같으면 은덕이, 갑이 등이 욕설로 꾸짖으며 때렸다.

"요년들, 대군이 죽든지 살든지 네년들이 무슨 상관이 있느냐? 네 어미나 아비가 죽거든 울어라. 대군을 위해 울 까닭이 어디 있느냐? 우는 눈구멍에 재나 집어넣을까 보다."

달포가 다 되어 가도 대군을 강화로 옮겼다는 말을 해 주지 않았고, 기별을 들을 길이 없었기에 그들은 그렇게 서러워했다.

그런 중에 웃전께서 본가의 노모가 살아 계신지 어쩐지도 통 알 수가 없어 문안 오는 내관에게 물으셨다.

"문을 열어 노모의 생사에 대한 기별이나 듣고 죽게 하여라."

그러나 임금의 명을 받은 내관은 아무런 대답도 하지 않았다.

그러다가 웃전께서 하도 여러 번 조르시니 임금께 아뢰었다. 그러자 임금이 내관을 꾸짖었다.

"역적의 집이란 것은 삼족을 멸하여 그 집을 부수고 못 살게 하는 법이거늘, 내 군이 고집하여 누르고 내수사에 일러 양식이나마 들여보내도록 했느니라. 그런데도 이렇게 지나치게 문 열 고 기별을 듣고 싶어 하시게 하느뇨? 너희들 나인이 붙어 앉아 서 어버이의 기별이나 들어 보시라고 보채니까 이러시는 게 아 니냐? 다시 이런 말을 하면 너희들을 다 죽일 것이니 다시는 말 하지 말라."

또 이해 가을에 웃전께서 문을 열어 달라고 날마다 내관에게 일러 보채시니 천 번에 한 번도 들은 체를 않다가 내관에게 전 언하는 것이었다.

"그렇다고 한 해, 두 해를 닫아 두며 삼 년을 닫아 두랴? 아직

잡지 못한 죄인 박치의를 마저 잡으면 문을 열어 주겠노라.”

탄일(誕日)이 되어 내전에서 별문안 드리는 내관을 보내 오자 웃전께서 이에 대답하셨다.

“옛날 모습 뵈옵던 일을 생각하옵시니 감격하거니와, 나도 사람이요, 내전도 사람이니 사람의 정은 한가지인 줄 아오이다. 온갖 일에 그저 탈을 잡고 어버이와 동생을 다 내어 죽였삽고, 대군마저 내어다가 어디로 갔다는 말도 듣지 못하니 아마 해를 당했을 것이매 그 서러움이란 비길 곳이 없사오나, 모진 목숨이 죽지를 못하여 살아서 노모의 안부나 듣고자 밤낮으로 바라고 있으니, 문을 열어 안부나 듣고 죽게 주선하여 주시면 지하에 가서도 잊지 못할 것이요, 죽어도 눈을 감고 죽을 수 있으오리이다.”

그러나 그 대답이 없었다.

이해 정초에 이르러 문안드리는 내관에게 또 이렇듯 이르셨으나 역시 대답이 없었다.

나인이라는 것은 본시 관청의 일만 하고, 세상일은 밖의 어버이와 동생들이 돌아보는 법이라 거의 모두가 대문 열 때를 몰라 답답하고 민망해했다. 저희가 입은 옷들도 당초에 죽게 되는지 살게 되는지 짐작을 못 하여 행여 불행한 일이 있어도 저희 것으로나 시체를 싸리라 생각하고, 웃전께서 대군과 함께 죽으려고 하시니 사생을 알지 못하여 당장 입은 것 이외에는 모두 내어보냈다. 앞뒤 사례(事例)를 헤아려 보니 상하(上下)가 손수 죽음이 같지 아니하여 일시에 다 살았으나, 지난날을 그리어 보니 너무 민망하여 차비내관에게 모든 나인이 아무리 빌면서 잠깐 나가게 해 달라고 간청해도 들은 체를 하지 않았다. 들어주는 데가 없어 나인들이 구석구석에 모여 앉아 울고 있으니, 웃전께서 나인들 입을 것들을 주시면서 백 번 당부하셨다.

"설움을 조금만 견뎌라. 나는 나라의 어른으로서 남에게 잡힌 바 인질이 되어 하루에 두 번씩 본가의 안부나 알고, 잠시를 떠나지 아니하고 내 곁에 있던 대군을 내어주었으니, 어찌 분하고 서러우며 답답하지 않으랴. 그러나 어지럽게 내관더러 통사정을 하지 말아 다오. 행여 알 길이 있으련만 이리 철통 속에 든 것처럼 한 번 기별도 통하지 못하니 서러워하는 줄은 모르고 상하 서로 기별이나 듣고 잘 지내고 있는가 여기어 범의 위엄을 더욱 낼 것이니 조심하여 살고, 틈을 보아 소식을 알릴 생각은 말라. 너무 그러다가 도리어 화를 입을까 두렵기 때문이니라."

바깥 행랑에 있는 본시 닫아 놓은 큰 대문에 군사들이 지켜 서서 빈청(賓廳) 뜰을 사뭇 살피고 있어 혹 아비(衙婢) 따위가 다니는 양을 보나 전할 길이 없어 허송세월을 보냈던 것이다.

당초에 환난을 뜻밖에 만나 정전(正殿)에 계시지 못하여 후궁이나 정빈이나 모두 같은 꼴이 되었으니, 본가의 상중(喪中)이라 거적을 깔고 망극함을 지내 오셨다.

나인 중환과 경춘이라는 하인은 예부터 입궐하여 살고 있었다. 그중 경춘은 의인왕후의 친가댁 종이었는데, 혼전 삼 년 후에 침실상궁이 용하다 여쭈어 들였다. 그러자 늙은 나인들이 말했다.

"본가댁의 종이니 이제 가까이 모시는 소임을 맡김이 옳지 못하다."

이 말을 웃전께서 들으시고 말씀하셨다.

"무식한 말이로다. 나라의 어른이 되어서 내 종, 전 왕비의 종을 구별하랴. 의인 본가댁 식구들이 본시 용하시다 들었고, 의인이 어지심을 들었으니, 상전이 착한즉 종조차 용하다 들었노라. 비록 하인이나 순직함이 제일이니 예와 이제를 따지지 말고 부리라."

그러고는 침실의 등촉 밝히는 소임을 맡겼다.

중환은 각사(各司) 사람으로서 어릴 때 대궐에 들어왔으나 뜻이 용하지 못하여 여러 번 궁 밖으로 내어쫓긴 적이 있던 소인이었다. 다시 경춘과 한 소임을 맡았는데, 중환은 옛 하인이라 등촉 밝히는 소임을 주었다. 덕복은 시집 본가댁 하인 출신이라도 상직방(上直房) 등촉 밝히는 소임을 맡으라고 명하시자, 예부터 있던 나인들이 이렇게 말했다.

"사람을 너무 믿어 저와 같이 처리하오시니, 어지시기로는 비할 데 없으나 예부터 이런 일은 아니하는 일이라."

그러나 흉한 일은 일어나지 않으리라 여겼는데, 중환의 오라비가 인장(印章)을 위조한 사실이 드러나 여러 사람이 형추(刑推)하는 일을 당하자 대전을 원망함이 날로 심해졌다. 마침내는 원오(怨惡)를 이기지 못하여 공연히 원망의 말을 해 대니, 듣는 사람이 번거롭다 하여 생심도 그런 말은 하지 말라고 일렀다.

중환이 이렇게 원망하고 있다는 사실을 가희가 알고는 들어가 에워싸 달래면서 은근한 말로 정이 붙게 한 뒤에 얼렀다.

"네가 내 이르는 말을 들으면 네 오라비를 살려 주마."

중환이 그 말을 듣고, 진상하는 수라 은바리를 도적질하여 가희에게 주었다.

임자년 유월 열여드렛날은 왕자 되시는 경평군의 생일이었는데, 소주방(燒廚房) 하인이 진지 받으러 간 사이를 틈타 중환은 망을 보고 경춘은 잠근 문고리를 뜯은 다음 바리를 내어다가 가희에게 주고 오자 사람들이 모두 수군거렸다.

"경춘과 중환은 한통속이다."

그러나 침실상궁들이 의심하지 않는데, 뉘라서 그 소문을 낼 수 있겠는가.

중환은 본시 제 오라비의 일로 원망하는 사람이요, 경춘은 자기보다 조금 손위 상궁을 보아도 꿇어 엎드려 인사를 하는 데다 고개를 쳐들어 말을 하거나 입 밖으로 큰 소리를 내어 말하는 법이 없으니 뉘라서 저들을 의심하겠는가.

점쟁이를 찾아가 잃은 물건의 행방을 물으니 이렇게 말했다.

"그 모습이 뺨이 약간 붉은 듯하고 남과 더불어 말도 아니하는 사람이 품어다가 사람의 손이 미치기 어려운 이에게 주었으니 찾기 가장 어렵다."

웃전께 모두 이르기를,

"경춘이 낯이 창백하니 그가 가져갔도다."

하되 곧이듣지 아니하고,

"경춘은 억울하다."

하는 것이었다.

저희는 무릇 일을 즐겨 밤이면 샛문을 열고 가서 위게서 입으시는 옷이며 아기씨의 옷 입으시는 것이며 나인들이 밥 떠먹는 일까지 살살이 가희한테 일러바쳤고, 그런 뒤에 중환의 오라비는 풀려났다.

우리는 그들이 그렇게 어울려 사귀는 줄을 몰랐는데, 계축년 변이 일어나자 그들은 그렇게 될 줄을 미리 알고 가희의 심복이 되었으면서도 우리가 보는 데서는 남의 눈에 더욱 서러운 체를 하려고 땅을 헤치며 서러워했다. 그러자 상궁이 울며 일렀다.

"너희 둘을 우리가 각별히 가엾게 여김은 의인마마의 종이요, 중환은 아이 때부터 보던 것이니, 너희는 살 수 있을 것이므로 우리가 없어도 아기씨께서 좋아하시던 실과나 명일(名日)이 되거든 생각해서 놓아 올려라."

그러니까 두 사람이 울면서 말했다.

"이리 말씀 안 하셔도 어련히 생각하여 하리까?"

마음속엔 비수를 품고 있으면서도 밖으로는 서러워하는 체를 하니 진정으로 그런가 하고 믿었던 것이다.

임자년 사월에 나인들이 잔치를 하여 먹으며 그 전(殿)의 상궁들을 청하니, 두어 사람은 순순히 오고 가희는 병을 빙자하여 오지 않기에 재삼 청했다.

"중병을 앓았던 뒤라 못 가겠노라."

그러고는 끝내 오지 않았다.

가희는 삼경이나 되어서 혼자 가만히 침실 곁 소주방에 왔는데, 낡은 곁마기를 입고 족두리를 눌러쓰고 소리 나지 않는 신을 신고 소주방에 들어갔다 가만히 나와 침실로 들어가려 했다. 바로 그때 마침 침실상궁이 소변보러 나왔다가 침실 근처가 하도 고요하기에 놀라, 다른 전 사람들도 많이 와 있으니 혹시나 잡하인이라도 들어갈까 염려하여 침실로 들어가 보려 했다.

가희가 문 앞에 있다가 김 상궁을 보고 놀라 피하려 애를 썼다. 김 상궁이 가까이 다가가니, 가희는 숨을 곳을 몰라 쩔쩔매다 고개만 푹 수그리고 지게문 뒤로 낯을 돌린 채 부들부들 떨며 서 있었다. 김 상궁이 하도 무서워서 침실로 들어가지 못하다가 마음을 당돌하게 먹고 들어갔다.

"자네 뉘신고?"

여러 번 물어도 대답을 않고 하도 떠니까, 이미 가희의 소행인 줄을 알면서도 날이 어두워 행여 아닌지도 몰라 덥석 손을 잡으며 다시 물었다.

"자네는 뉘신고?"

반복해서 여러 번 물었더니 그제야 대답했다.

"내로세."

"상궁이신가?"

"예, 내로세."

"어찌 와 계시던고?"

"저 구경 좀 하러 왔더니."

잡아 보았자 어디다 고할 수도 없고 두 전 사이가 점점 더 시끄러워지기만 할 뿐이어서 일부러 놓아 보내며 말했다.

"아파서 못 오겠다 하여 무척 섭섭했는데, 구경을 하고 가신다니 기쁘오."

가희는 손목을 잡혔을 때 마치 산고기가 날뛰는 것처럼 뿌리치며 용을 썼다.

김 상궁은 이 말을 일체 입 밖에 내질 않은 채 남모르는 근심을 하며 지내다가 대군이 나시면서부터는 가희를 더욱 꺼렸다. 그러다가 무신년 이후 임해군의 일이 나면서부터는 가희가 더욱 헛말을 지어내니 주야로 웃전과 나인들이 근심으로 지냈다. 그리고 임자년 괘방(掛榜, 이름을 숨기고 글을 써 붙이는 것) 일로 대군을 미워함이 더욱더 심해졌다.

두 대궐의 샛문을 잠가 두고 열 때에는 내관이 열어야 조석문안을 드리는 상궁이 다녔다. 그러하매 틈을 타서 자객을 시켜 대군을 죽이려다 대군이 침실에서 주무시고 계시자 하는 수 없이 방정만 하고 가곤 했다.

이후부터는 소주방 마루 아래에서 아이가 소리 높여 울고 한숨 소리가 하도 나니, 저녁때엔 차마 사람들이 그 근처에 들어가지 못하고 무서워한다고 했다. 하지만 가희가 왔다 간 것이 말이 날까 하여 일체 들은 체도 않고 못 들은 체하며, 아이들이 무서워한다 해도 도깨비가 나왔다고 속이며 살았던 것이다. 중환과 경춘이 한마음으로 하여 와서 그렇게 한 것이다.

제 집에서 방정을 하여 두고 우리를 향하여 대란을 지어내기 일쑤였다. 저희들은 중환과 경춘에게 은혜를 끼쳐 두고 온갖 노릇을 다 했지만, 우리는 남을 해할 뜻이 없고 앞뒤의 사정이나 그 전의 침실 기슭도 알지 못했다.

계축년 동짓달이었다. 이때 엉큼한 중환이 웃전께 아뢰었다.

"내 오라비가 무거운 죄를 짓고 옥에 갇혀 있을 때 어떤 중이 이르기를, 《사자경(獅子經)》과 《다라파축》을 읽으면 갇힌 일도 풀리고 잠긴 문도 쉽게 열리며 크고 작은 액에서도 벗어난다고 하기에 옥중에서도 항상 읽었더니 그 덕을 입었는지 이제 살아나서 놓여나왔으니, 이 일하고는 좀 다르지만 대군이나 살아나시고 닫힌 문이나 쉽게 열게 하셔도 가만히 손들고 앉아만 계신 것보다는 정성을 들이서서 그것이나 하여 보옵소서."

웃전께서 들으시고 그럴 만하게 여기셨고, 그중에서도 김 상궁이 그럴싸하게 여기며 말했다.

"이 경을 읽어 보고지라."

그러자 웃전께서 말리시며 말씀하셨다.

"경이란 것은 가장 공손하고 정성을 드려야 덕을 입는다 하는데, 모든 사람의 마음이 산란하고 내 마음도 주야로 곡읍(哭泣)에 잠겨서 마음이 미어지는 듯 아프고 서러워하거늘 누구의 마음에 내켜서 경을 읽을 수 있으리."

웃전께서 말리셨으나 중환은 다시 열심히 아뢰었다.

"전교(傳敎)는 마땅하옵거니와 덕을 입어 문을 쉽게 열고 본가댁과 아기씨의 기별을 쉽게 들을 수 있으시도록, 앉아서 괴로 워만 할 게 아니라 읽어지라."

그러자 웃전께서 말씀하셨다.

"너희들이나 읽도록 하여라."

웃전이 들어 계신 곳은 차비(差備)가 가까워서 더럽고 요란했고, 대군이 들어 계시던 집은 정결하고 인적이 없는 곳이었다. 중환은 말로 옮기는 것을 받아 언문으로 써서 그곳에서 경을 읽었는데, 도리어 흉한 마음을 내어 고할 뜻을 품고 틈을 못 얻어 애를 썼다.

중환의 오라비는 세자궁에서 등촉을 비추는 사람이었는데, 항상 닫아 놓은 문밖에 와서 제 누이의 기별을 들으려고 서성거리곤 했다. 중환은 제 오라비가 지나쳐 다니는 양을 틈으로 엿보았고, 뇌물을 주어 군사를 사귄 다음, 밤에 제 오라비를 불러다 온갖 말을 다 하고 글월을 써서 가희에게 보냈다.

'샛문으로 오면 하던 말을 다 일러 주마.'

가희는 기별을 듣지 못하여 민망해하다가 밤중에 문을 열고 와서 중환을 달랬다.

"하는 일을 자세히 일러바치면 너를 먼저 나가게 해 주리라."

중환은 공을 얻으려 애써도 일러바칠 일이 없던 터라, 제가 일러서 경(經)을 읽는다는 말을 옮기고 이렇게 고했다.

"대비마마께서 친히 가서 하늘에 제사 지내고 대전이 죽으라고 비신다."

이렇게 참소를 하려고 가희, 은덕, 동궁 무수리인 업관을 데려다가 그 경 읽는 곳을 가리켜 보였다.

위께서 친히 나가신 일이 없었으므로 경을 읽는 일로 인해서 잡아다 죽이지를 못하자, 무슨 트집이라도 잡아서 남아 있는 나인을 마저 죽여 버리고 웃전을 혼자 계시게 하여 애를 태우시다가 승하하오시게 하려고 애를 썼다. 그러나 트집 잡을 말을 못 얻어 애를 썼던 것이다.

제2장

계유년 섣달에 중환이 문 상궁에게 말했다.

"얼마 전에 슬며시 오라비를 불러 어머니의 안부를 들었더니 행여 동생의 안부라도 알고자 하시지 않나 하는 생각에서 이런 말을 드리는 것이니, 서로 내통한다는 소문을 내서야 되겠습니까? 그러니 상궁만 알고 글월을 적어 주십시오."

그 상궁은 원래 남을 잘 믿더니, 중환을 평소부터 가엾게 생각하고 있었던지라 제 오라비가 옥에 갇혀 있을 때 쌀에 반찬에 입을 것까지 주었다. 그 은혜를 중환이 잊지 못하는 듯 항상 이렇게 말하고 있었던 것이다.

"상궁의 은혜는 죽어서 땅속에 들어가도 결코 잊을 수 없을 만큼 크고 크니 어찌 다 갚사올까."

이런 사이인 만큼 상궁은 추호도 의심을 하지 않고 오라비인 문득람에게 글월을 써서 주었다. 그랬더니 중환은 즉시로 답장을 받아다 주었던 것이다.

본전(本殿) 감찰상궁의 종인 부전과 천복의 종 은덕이 모두 중환의 심복이 되어 오로지 공을 세워 보려고 한패가 밤낮을 가리지 않고 동정을 살피며 무슨 일이라도 보는 대로 고해바치면 중환은 들어 두었다가 밤이 되면 담을 넘어가 바깥과 내통하곤 했던 것이다.

대비께서 들어 계신 곳은 동쪽 구석이고 중환이 거처하는 곳은 서남쪽 행랑이며 전으로 통하는 곳은 서쪽 구석이니, 동쪽과 서쪽을 통틀어 알고 다닐 만한 사람이 여럿 나가 죽었으므로 궁중이 텅 비어 밤이면 인적이 끊어져서 일만 군사가 쳐들어와 날뛰어도 알 길이 없는 형편이었다. 중환의 행동거지를 살펴보면 차차 수상한 점이 드러났다. 나라를 향해서도 원망하고 옥에 갇히러 가는 나인을 보고도 꾸짖었던 것이다.

"곱게 살지 못하려고 이런 큰일을 저질러 서러운 노릇을 당하는 게 다 뉘 탓인지 아는고?"

이러면서도 중환은 태연자약하게 문 상궁에게 드나드니 문 상궁은 추호도 의심을 하지 않았고, 혹시 다른 나인이 의심을 하더라도 오히려 그렇지 않다고 두호했던 것이다.

"그 사람이 그런 뜻을 품을 리가 있나? 절대로 그럴 리가 없을 걸세. 남들이 시기해서 그런다."

이렇듯 신임을 얻은 중환이 문 상궁을 달래면서 말했다.

"시녀 방 씨는 그전에 나가서 아무 탈 없이 잘살고 있고 그의 오라비는 대전별감을 지냈으니, 대군 계신 곳에도 간다더군요. 그러니 기별을 듣기가 쉽지 않을까 합니다."

이 말을 듣고 문 상궁이 말했다.

"대군이 가 계신 곳이 어디라고, 그런 무서운 일을 누가 할까?"

"제 오라비를 시켜서 하겠습니다."

이에 상궁은 아기씨의 안부를 알아보겠다는 일념에서 글월을 써 중환에게 주고 웃전에 여쭈었다.

"가장 믿을 만하고 용한 편이 있어 아기씨의 안부를 알려고 갔으니 곧 기별이 오리이다."

그러자 웃전께서 말씀하셨다.

"누가 그런 일을 했느냐?"

"중환이 오라비가 가지고 가서 시녀 애일에게 갔사옵니다."

문 상궁의 말에 웃전께서 놀라시며 말씀하셨다.

"그런 마음은 품지도 말라. 기별을 알아서 말해 주는 은혜는 하늘처럼 여기겠거니와, 통하는 줄만 알게 되는 날엔 권세를 더 얻어 우리에게 화가 더 미칠까 걱정이 되노라. 이후부턴 그런 생각일랑 마음에도 품어선 안 되노라. 서러움이야 이루 다 일러 무엇하려니와 서로 살아만 있으면 자연히 알고 들을 길이 있을 것이니 위태한 일을 전하지 못하리라."

그러자 문 상궁이 말했다.

"이 하인은 예부터 순직하고 소인한테 은혜를 입은 바도 많사오매 조금도 해를 끼쳐 드릴 뜻은 없을 것이옵니다. 믿어 보옵소서."

그 뒤에 매양 글월을 받아다가 주되, 그때마다 더욱 신신당부를 하시곤 했다.

애일의 글에는 다음과 같이 적혀 있었다.

'소인이 죽지 못하여 밖에 나와 편안히 앉았으니 대비전 일과 상궁네들이 당하고 계신 고초를 생각하니 망극하고 서럽기 그지없사옵니다. 비록 나인의 몸이나 대비전 은공을 갚사올 길이 없어 애타던 중에 아기씨 안부를 몰라 하오시니 죽을 힘을 다하여 동생이 별감(別監)으로서 아기씨를 따라갔사온 즉 글월 써서 주옵시면 어린 상궁께 가만히 주고 글월 받아오라 하리이다.'

문 상궁이 반갑고 기쁘기 그지없어, 웃전께서 항상 기별을 몰라 서러워하시니 한 번 답답한 느낌을 없애 드리려고 글월을 가지고 가서 변 상궁에게 그 이야기를 했다. 그러자 변 상궁이 놀라면서 노여워하며 말했다.

"문가와 김가가 서로 미워하기를 적국(敵國)과 같이 심하여 바깥과 통하여 글월을 받아옴도 큰일이거늘 어디 가서 아기씨의 안부를 알아 올 수 있다는 것인가? 이런 생각을 한다는 것은 그 정성이 지극한 줄 알거니와, 이 사실이 발각되면 일이 크게 벌어질 것이니 여쭙지 말라."

문 상궁이 화가 난 얼굴로 대답했다.

"어찌 이런 말을 하느뇨? 행여 사람을 불러온 것이 아니라 미쁜 일로 알게 된 것이니 형님도 그런 의심일랑 하지 마오소서."

그러고는 웃전께 나아가 그 말씀을 드리니, 웃전께서 방바닥에 몸을 굴리며 애통해하면서 말씀하셨다.

"강화 섬에 아이를 옮기는 줄 생각도 못 했는데, 세상일이 어떻게 돌아가는지 아무것도 모르는 아이를 섬에 보내었으니 이 서러움이야 그 어디에다가 비길 곳이 있으리오? 혼자 안부를 몰라 밤낮으로 서러워하는 처지이거든 차마 안부를 아니 알고자 할 까닭이 있겠느냐만, 스스로 알아 올리겠다고 하니 기쁘기 그지없거니와 요공하려 하는가 의심이 되니 내 편에선 글월을 써 주지 못하겠노라."

이 말에 문 상궁이 다시 여쭈었다.

"내외에 믿을 만한 사람이 이만한 사람도 없사옵고 나라를 위해서도 정성을 다한 사람이오니, 요공하자 하는 사람이면 소인이 이토록 천거하오리까? 그러시다면 소일을 못 믿어 아니써 주시는 것이라고 알겠사옵니다."

이에 변 상궁이 여쭈었다.

"믿을 수 없는 위인이로소이다. 중환이 흉측한 마음을 먹고 죽은 나인이며 대비전을 원망하고 아무 일이나 얻어서 아뢰려고 설심을 먹었고, 제 누이가 늦여름에 밤낮으로 한데에서 발을 고쳐 디뎌 조그만 허물이라도 알아내고자 하거늘 큰 화를 얻어 무릅쓰고 권하는가 하옵나니, 웃전마마께옵서는 지그시 참으셔서 아기씨에게 대한 기별을 아시려고 하지 마옵소서."

웃전께서 말씀하셨다.

"나도 그처럼 생각하노라. 반갑고 서러운 정으로 보아서야 즉시 글월을 보낼 것이로되 무서워 못 하노라."

변 상궁이 다시 여쭈었다.

"아예 그런 생각은 품지 마사이다."

이번에는 문 상궁이 다시금 여쭈었다.

"글월 하여 주오소서."

변 상궁이 여쭈었다.

"내 차비문에 가서 소리 질러 이르리라. 조용히 듣기나 할 일이지 어찌 이런 일을 하라고 하시느뇨?"

이에 문 상궁이 크게 노하며 일렀다.

"상궁이 시위하여 웃전을 위하여 정성이 지극하신가 여겼더니 이 일로 미루어 보니 실로 정성이 없으시도다. 밤낮으로 곡읍에 잠기오셔 물만 드시옵고 본가댁과 아기씨 안부를 알려고 하시나 틈이 없어 하오시다가 이리 착한 사람을 얻어 만나기도 쉬운 일이 아니건대, 아무런 일이 일어나든 내가 알아서 할 것이니 상관 말고 버려두시오."

그러고는 성을 내며 방에 들어가 글월을 써 가지고 나와 변 상궁에게 보여 주었다.

그 글월의 내용은 이러했다.

'웃전께오서 아기씨를 여의시고 기별을 몰라 하오시더니 믿을 만한 사람이 나섰기로 아기씨 안부 알고자 글월을 써 가니, 보고 병이나 아니 드시게 잘 뫼시도록 해 다오. 아무것이나 잡숫고자 하시거든 가져간 것을 아끼지 말고 물 긷는 하인이나 주어 사서 잡숫게 하고 아무려나 잘 견디어 뫼시도록 하여라. 문 곧 열리면 기별을 아니 드릴까 보냐.'

중환은 담을 넘어가서 통하고 제 물건을 모두 훔쳐서 가희에게 보내고 빈 몸만 남아 있었다.

문 상궁더러 글월 썼거든 달라고 하니, 글월을 봉하여 주며 답장을 받아 달라고 했다.

중환이 흉한 마음을 먹은 줄 알고 변 상궁이 문 상궁에게 말했다.

"글월을 보내지 말고 다시 가져오게 하시오. 이러이러한 소문이 있으니 주지 마오."

그 말에 문 상궁이 말했다.

"남이 미워서 그리 이르거니와 그럴 까닭이 없나니라."

변 상궁이 다시 엄하게 말했다.

"아뢰면 큰일이 날 것이니 어서 찾아오라."

문 상궁이 다시 말했다.

"종을 시켜 일하는 틈으로 오라비가 왔거늘 주고 없소이다."

이 말에 변 상궁이 또 달라고 했지만 꾸짖는 소리만 하면서 주지 않았다.

중환이 글월을 떼어 보고 감추고 없다고 하며 돌려주지를 않았던 것이다.

중환이 틈을 내어 오라비 차충룡을 주어 가희에게 전하니, 그제야 장물(臟物)을 삽디다 하여 새로이 내외 사람을 섣달 그믐

날 하옥했다. 그리고 갑인 초하룻날 추국(推鞫)이 시작되었다.

　문 상궁에게 허가를 얻었다는 핑계로 제 집의 안부를 통하던 이를 다 잡아내자, 문 상궁이 중환에게 말했다.

　"은혜를 입어 추위와 더위를 나로 말미암아 벗고, 배고프고 목마름을 내 덕으로 모르고 지내 왔으며, 네 오라비가 갇히어 죽게 되었을 때 내가 어여삐 여겨 음식이며 입을 것을 주어 살아났거든, 이제 나를 달래어 글월하여 달라고 보채거늘 나도 사람이라 나라 어른께서 서러워하오심이 하도 보기에 안타까워 한 번 기쁘게 해 드리고자 했더니, 네가 나라 어른을 배반함은 고사하고 어찌 나까지 저버리느냐?"

　중환이 땅 위로 데굴데굴 뒹굴고 가슴을 두드리며 손뼉을 쳐서 맹세하며 말했다.

　"내가 아뢰었다면 얼마 전에 죽은 어미 시체를 헤쳐서 회 해 먹으려 하노라."

　중환이 하도 뒹굴며 우니, 모두가 그 정경을 보고 다 애매한 말을 듣는다고 여겼다.

　중환이 문 사이로 세간을 몰래 꺼내느라고 밤이 새도록 드나들 때 색장나인의 시종이 보았는데, 행여 소문을 내지나 않을까 하고 매양 벼르다가 아무런 죄도 없이 이 틈에 잡아갔다.

　중환부터 시작해서 은덕이, 부전이 셋을 잡아내어 갈 때, 중환은 얼굴에 기쁜 빛을 나타냈고 두 하인은 어서 오라고 하니 울부짖으며 셋이 차례로 나갔다.

중환은 아뢰었다 하여 어여삐 여겨 죄인 취급을 하지 않고 가마에 태워서 추국청에 데려다가 앉혀 두었다. 그런 다음 미리 서로 짜 놓았던 말로 물으며 빗아치에게 알려서 종적 없는 거짓말을 써 놓았다. 그러고는 문 상궁이 애일에게 한 글이며 강화 섬에 대해 적은 글월을 고치고 더 보태어 써서 무형무상(無形無常)한 말을 지어서 당장에게 아뢴 다음, 우리 문을 쉬이 열게 하라 하는 내용을 적어 넣었다. 또한 강화 섬 말을 적어 넣은 글월에는 '잘 길러 두었다가 당장이 와서 문이 열리거든 고이 돌아오시게 하라.' 하는 등 무상불측(無常不測)한 말을 짜장 적어 넣어 두었다.

당장이 그것을 내어보이며 중환에게 물었다.

"이 말이 옳으냐?"

중환이 대답했다.

"다 옳소이다. 대군이 계셨던 집에서는 고사를 지내더이다."

"그 말이 과연 옳은가? 네 분명히 아는가?"

"아나이다."

"누구를 위하여 빌더냐?"

"대전마마 죽으라고 빌더이다."

"어떤 모양으로 빌더냐?"

"향로에 향 피우고 향합 놓고 과자, 떡, 실과 놓고 꽃다발을 만들어 놓고 목욕하고 정성들여 빌더이다."

"네 보았느냐?"

"보았사옵니다."

중환은 모든 일을 자기가 정작 본 듯이 일러바쳤다.

안에서 추국하는 일을 마루 밑에서 듣는 줄 알므로 측량 없는 거짓말을 하느라 소리를 가만히 하여 문사낭청이 겨우 알아듣게 대답했다.

그전에 조그만 혐의 있던 사람들을 모두 일렀으므로 이름이 오르는 사람은 몸에 땀이 흐르고, 앉고 서서 기운을 이기지 못했다. 이들이 떨면서 발을 옮겨 디디지 못하니, 곁에 서 있는 이들은 모두가 남의 일같이 여길 수가 없었다. 그 틈에 가 앉아서 귀를 기울여 듣다가 이름 부를 때 자기 이름이 아니면 적이 살 것 같은 심정이 되곤 했다.

온 궁 안이 새로이 요란하고 떠들썩해지니 나인들은 차비문에 가서 대령하고 있었다.

밖에서는 문 상궁 오라비와 조카와 종 남녀 네 명과 아울러 어미까지 극형에 처하고, 애일은 위에서 사약을 내려 죽였다.

문틈으로 통하던 시녀 최 씨와 최 씨 아비 최수일과 중환의 오라비가 서로 통할 때 그 정경을 본 서응상 부처와 문 밑에 와 앉았던 서리(書吏)가 옥사(獄事)를 이루어 사람을 죽임이 더욱 심해졌다.

갑인 이월 음력 보름이 지나서 문 상궁과 차비문 시종 영화와 색장(色掌) 시종을 모두 잡아내고, 스무날 후에는 공주의 보모상궁 권 씨와 시녀 최 씨와 또 시녀 최 씨와 차비문 종 춘향이, 대군을 부액(扶腋)하는 하인 춘단이, 천금을 잡아내다가 옷을 갈아입으라고 했다. 어린것들이 우두커니 서 있자, 다른 사람이 옷을 입혀서 보냈다.

"때늦어 가면 겹겹이 내관 내어 속히 잡아내라. 더디면 잡아내어 하옥하리라."

이렇게 재촉하며, 사람의 발이 땅에 붙지 않을 정도로 몹시 서두르고 곡성이 천지를 진동하니 의녀 대여섯이 침실로 들어와 보챘다.

"어서 내라."

그리고 차비문 안에는 내관이 들어와서 보챘다.

"어서 내라."

궁중이 불편하여 어찌 존비(尊卑)를 따질 경황이 있겠는가.

색장나인을 모조리 잡아냈다.

"어찌 죄인을 더디 잡아내느냐?"

이렇게 위협하니 뛰어 달아나다가 집안 뒷간에 숨기도 하고 마루 아래에 숨기도 하니, 내관이 소리쳤다.

"감찰상궁은 색장상궁을 다 잡아내라."

나인들은 의녀에게 빌며 울먹였다.

"죽으러 가옵니다. 마지막 죽을 마당에 감히 한 번 부탁하오니 눈감아 주소서."

그러자 내관이 소리쳤다.

"어서 내라!"

이 말에 의녀도 두려워하며, 나인들의 머리를 뒤에서 끌어당기며 말했다.

"어디를 올라가느냐?"

나인들은 고개가 젖어진 채로 울면서 의녀를 꾸짖었다.

"어찌 이리 서럽게 하느뇨? 웃전을 시위하는 시녀의 몸으로서 의녀에게 머리 잡힐 줄을 어이 생각이나 했으리오."

이에 의녀가 말했다.

"우리를 죽이려 하니, 어이 속히 잡아내지 않을 수 있으리오."

이렇듯 핍박하고 수욕(羞辱)함이 어찌 한두 번뿐이었겠는가.

"자식이 없는 아녀의 몸이나, 웃전께옵서 애매하오신 일을 만나 계오시매 비록 극형하여 만 가지로 다루고 보챈다 하여도 설마 무복은 아니하리이다. 어찌 살고자 하는 마음이 없겠사오리까마는, 나라 어른께서 서러운 일을 보아 계시오매 종에게까지 애매한 일이 미쳤으니 이 서러움은 하늘이 반드시 아오실 것이니 죽기를 좋은 데 돌아감과 같이 죽으러 가옵나이다."

나인들이 의녀에게 몰리어 차비문으로 나가니, 나장이며 도사(都事)들이 와서 기다리고 있다가 데리고 돌아갔던 것이다.

사람 잡아낼 적이면 더욱 위엄이 성하여 내관이며 나인부터 죄고 잡아내 간 것이다.

시녀로 있던 최 씨 여옥은 경술년에 시녀로 들어왔는데 용모는 곱지 아니하지만 순직하므로 침실에서 살았다. 정성도 남의 눈에 띄게 더하고 본시 용한 아이라 웃전마마의 본가댁과 대군 아기씨를 향해 서러워하며 항상 이렇게 말하곤 했다.

"내 날개를 돋쳐 날아가 기별을 알려 드리고자."

또 어떤 때는 이렇게 말했다.

"아무 틈이나 있으면 내 계집종의 모양을 하고 나가서 두 곳의 안부를 알아 오련만, 담이며 문이 쇠로 만든 듯 조그만 구멍도 없으니 내 정을 펴지 못함을 서러워하노라."

그러더니 나가는 날은 더욱 서러워하며 제 다리를 만지며 울면서 말했다.

"아이 적부터 부모한테도 다리를 맞아 본 일이 없었는데, 중한 매를 어이 맞으리오. 애매하오신 일이니 무복은 아니하려니와 맞을 생각을 하니 더욱 망극하여라."

이 말을 듣는 이가 불쌍히 여기며, 정성이 지극한 사람이라 무복하리라고는 조금도 생각하지 않았다.

그리고 끌려가면서는 이렇게 말했다.

"나에 대해서는 조금도 의심하시지 마소서. 몸이 가루가 되어도 나라 어른께서 애매하오심을 아오니 무복은 아니하리다."

추국청에 간 여옥은 자기 사정을 하소연하며 울먹거리면서 말했다.

"웃전마마께옵서 억울한 일을 당하시고 계신 줄 아오며 어린 대군과 본가댁 식구들의 생사를 알지 못하시어 밤낮으로 서러워하셨음은 사실이나, 방정을 했다는 것은 억울한 일인 줄 아옵니다. 아무런 일이나 듣고 본 일이 있으면 무서운 곳에 와서 죽고자 하리이까? 살고자 할 일이오나 보고 들은 일이 터럭만큼도 없소이다. 중한 형벌을 받을까 두려워한다고 어찌 애매한 말을 하리까?"

여옥이 이렇게 대하니, 엿새 만에 내수사에다 가두고 제 아비와 어미를 달랬다.

대전 유모의 오라비 계집이 여옥의 종이었는데, 그 유모가 여옥을 어여삐 여겨 매양 데려다가 보면서 말했다.

"어찌 못 오느냐? 복이 적어 우리에게 못 오는가?"

그러더니 이때 중환을 독촉하여 이 시녀를 잡아내어다가 다른 옥에 가두어 놓고 달래면서 말했다.

"이리이리 대답하면 너를 살게 하마."

여옥이 울면서 여러 날 동안 마음을 허락하지 않자, 아비 어미를 시켜 밤낮으로 한곳에서 달래게 했다.

"너 곧 이제 모르노라 하면 우리를 다 죽일 것이니, 나라 어른께 대한 은정(恩情)도 중하거니와 어버이의 목숨도 소중하다고 생각지 않느냐? 네 이제 무복을 하라 하여도 전혀 못 한다 하면 네 앞에서 죽으리라."

이와 같이 갖가지 말로 회유하여 허락을 받은 다음 추국청에 나가게 하여 새로이 원정(怨情)을 받게 했는데, 그 원정은 전날과 달라 흉측하기 이를 데 없었다. 그러다 보니 여옥의 대답도 달라졌다.

"물으시는 말씀이 모두 옳습니다."

"어찌 아느냐?"

"제가 보고 들었나이다."

묻는 말이 떨어지기가 무섭게 이와 같이 대답을 한 것이다.

이런 일이 있은 뒤에 변 상궁의 병이 대단하여 다 죽어 가자 내보냈는데, 변 상궁이 나와서 보니 여옥은 이미 놓여나와서 평안히 살고 있었다.

하루는 여옥이 상궁을 뵈러 와서 곡절을 넌지시 말했다.

"아니라 하라고 어버이들이 하도 보채기에 하는 수 없이 무복을 했으나, 후일에 멸족을 당할 화를 스스로 저질러 놓고 살아 있으니 내 죄 태산 같아 죽고자 하되 목숨이 모질어 아직껏 죽지를 못하고 나라 어른을 속여 거짓말로 살아났으니 무슨 면목으로 남을 볼 수 있으리까? 마음에도 없는 말로 무복을 했으니 죽이시더라도 한(限)하지 아니하오리이다."

여옥은 말을 마치고서 하염없이 울었다.

상궁 중에 난이라는 사람은 임진년에 시녀로 들어와 의인왕후 시절에 침실나인으로 있었는데, 제 인품이 똑똑하지 못하여 남들이 하는 상궁 벼슬도 못하고는 늘 선왕마마를 위시하여 원망만 하다가 무신년 이후에야 겨우 상궁이 되었다.

이 사람은 무척 간사하고 교만 방자하여, 위께서 평안하실 때는 두 아기씨(정명공주, 영창대군)를 향하여 남달리 유별나게 정성을 다하여 시중을 들었다. 그러더니 계축년에 이르러서는 대비전을 향해서 불측한 원망을 하고, 제 동생이며 조카를 다 시녀로 만들어 동궁전이며 내전으로 들여보내 내권이 당당해졌다. 세력을 얻은 난이는 만면에 희색이 날로 더해 가며 즐거워 어쩔 줄 몰라 했다. 그리하여 보는 사람들은 원통하고 분한 마음이 그지없었으나 그를 두려워하여 아무 말도 못 하고 있는 터에, 난이가 이렇게 말하는 것이었다.

"대전께 전량(錢糧)을 많이 드렸던들 설마 이런 일을 당했으랴? 세자 가례(嘉禮) 때 세간을 많이 주신 일은 있으되 상궁이며 시녀에게 다 주셨던들 이런 일이 있을 수 있으리까? 시녀상궁들에게 전량을 상급으로 많이 주지 않으시니, 공주며 대군을 데리고 곱게 사실 수 있을는지 두고 보자고 대전과 내전이 모두 벼르더니 이런 일이 일어났느니라."

난이는 또 이렇게 이르기도 했다.

"의인마마께서 살아 계셨을 때도 세자에겐 효성이라곤 없고 어질지도 못했느니라. 정유년 난에 수원에 가 계셨을 때 세자가 수레를 미시고 따라가 물을 건너게 되자 빈이며 자기는 먼저 물을 건너 의막(依幕)에 가서 앉아 있고 나는 돌아보지도 않아, 시위한 내관이 아무리 소리치며 배를 가져오라고 하여도 배는 보내지 않고 위엄을 가진 세자만 위하고 나는 생각도 않아 저는 초저녁에 건넜지만 나는 자정에야 겨우 건너게 되었으니, 날이 찬데 밤은 깊어 이슬과 서리를 맞아 추위에 견디기 어려웠으니 세자의 효성이 지극한들 어찌 감히 적모(嫡母)에 대하여 그렇게 대접하며, 하물며 제 어머님이 일찍 죽었으니 내가 길러 아들로 삼았더니 정이 전혀 없으랴마는 본래 이 사람이 효심이나 정성이 부족한 사람이니 가히 알 만하도다 하오시더니, 이제 저렇게 모진 체를 하니 어찌 사납게 굴지 않으리오.”

몹쓸 줄은 알지만, 아첨을 하느라고 중환과 함께 행동하여 대비전의 기물(器物)을 아무 거리낌 없이 밤낮을 가리지 않고 가져가며, 대군이 피접 나가 있는 곳의 물건도 무수히 훔쳐다 제종과 중환과 합심하여 잠근 문을 열고 세간을 훔쳐 밤이면 가져다가 아우 꽃향에게로 갔다.

꽃향이 형을 책망하며, 이렇게 일렀다.

“나라 어른들께서 서로 사이가 좋지 못하시기로서니 종의 도리로 항거하고 배반한다는 것이 내 좁은 소견으로도 못할 노릇이라 생각되오. 남이라 할지라도 내통하는 일이 없을 것이로되 하물며 대비전의 세간을 훔쳐서 내게 보내다니 옳지 못하도다. 다시는 내게 보내지 마오.”

그러자 난이가 노하여 말했다.

“동기간이 동기간을 구해 주지 않는다면 하물며 남이야 말해 무엇하리오. 대비전께서는 본가댁과 대군을 위하여 밤낮 우시면서 돌아가시려고만 하시니 세간을 두었자 아무 소용이 없으시고, 더욱이 대군의 세간은 두어도 쓸데없다 하시며 종들에게 다 나눠 주신 것이니, 잔말 말고 받아 두었다가 나를 내보내 주거든 그때 살 수 있도록 잘 간수하라.”

그러고는 비단필이며 은그릇을 모조리 훔쳐 내고, 대군의 보

모 김 상궁을 사귀어 죽지 않게 해 줄 것이니 전량을 많이 준다
면 동생한테 일러 살려 주겠노라 했던 것이니, 살기를 탐내어
온갖 것을 다 주었던 것이다.

샛문으로 통해 다니기에 원통하고 분함을 참지 못하여 사람
을 모아 순경(巡更)을 돌았더니, 하루는 넘어가다 들켜 잡혀서
는 중환이 오히려 큰 소리로 꾸짖으며 말했다.

"누가 우리를 잡으라 하더냐? 너희들이 우리를 금하다가는
삼족을 멸하는 화를 당하도록 하게 하리라."

그러고는 중환이 큰 열쇠를 둘러메고 마구 치니 너무나 무서
워서 나가 버렸다.

이런 형편이니 그때 중환과 난이의 세도가 중함이 미치지 못
할까 두려워했던 것이었다. 난이는 시녀와 상궁을 달래고, 중환
은 하인들을 달래면서 이렇게 말했다.

"이해 동짓달로 택일을 했으니, 그쪽 전의 나인과 상궁 및 하
인들을 다 데려가고 대비마마는 새로 아이들을 두엇만 주어서
물시중이나 들게 하고 저절로 돌아가시도록 하려 한다."

이 말을 들은 시녀와 상궁, 하인이 모두 울면서 서러워했다.

"그러나 좋은 곳에 가서 사시게 하리다."

이렇게 말하는 사람도 있었고,

"내 웃전을 여의고 남의 전에 가서 차마 어찌 살 수 있으리.

가지 말고 죽고 싶으나, 죽으면 또 어버이에게 화가 미칠 것이니 어떻게 해야 좋으랴?"

이렇게 말하며 우는 사람도 있었다.

대군을 데려갈 때처럼 핍박하여 데려가면 하직 인사도 못 하고 내 물건도 추리지 못할 것이니 차려 두자고 하여 머리를 빗고 옷 보따리를 옆에 놓고 동짓달 보름날을 기다리고 있었다.

거짓말이 아니라, 대개 계교를 꾸밀 때는 꼭꼭 말대로 들어맞더니 이번만은 데려가질 않았다.

또 말하기를,

"죽은 나인들의 세간은 죄인의 것이니 다 가져가라 했지만, 아무도 손대지 말고 그대로 넣어 두어라."

하니, 제 종이 치워 두어도 꺼내 입지를 못했던 것이다.

웃전께서 나인들을 불러 말씀하셨다.

"앞뒤로 있던 나인들이 나를 위하여 원통하게 죽었으니 그 참혹함을 무엇으로 다 말하리오? 그들에겐 멀건 가깝건 일가친척은 남아 있어 간수할 사람들이 있을 것이니 훗날 문을 열면 무엇으로 보답을 하리. 그들의 물건을 잘 간수하여 두었다가 줄 수 있도록 헤아려 장부에 적고 쇠를 잠가 간수하도록 하여라."

그리하여 그들의 물건을 간수했더니, 중환이 이렇게 말했다.

"그렇게도 살려고 기를 쓰시며 죽은 사람의 세간까지 간수하라고 하시는 건가?"

그러면서 세간을 지키는 사람을 몹시도 미워했다.

난이는 대군의 세간을 다 가져간 뒤에는 제 몸을 보전하느라고 나가고야 말았다.

어찌 된 일인지 계축년 겨울이 되었으나 내가지 않으므로 난이는 날마다 꾸짖으며 말했다.

"나를 중전의 침실상궁을 삼으려 하시더니 어찌 지금은 안 데려간담. 그러기에 상감을 소같이 미련하다고들 하고 의인마마도 사람 같지 않고 효성도 없다고 하오시더니 정말 그렇지 않으냐?"

그러면서 이렇게 덧붙이며 악을 써 댔다.

"대비전께서는 별난 체하여 대군을 낳으시고도 그 자리를 지니지 못하셔서 이런 서러운 일을 당해도 모두가 당신의 탓이겠지만, 나는 무슨 일로 이렇게 들볶이며 살고 동생과 조카는 저희만 편히 살고 나를 똥구덩이에 빠뜨려 두고, 내보내 주지도 않는고? 어느 하나나 아주머니를 생각해 주어야 말이지."

그 말을 듣다 못해, 한 나인이 말했다.

"내보내 주지 않은 일은 잘못된 노릇이겠지만, 상궁이 대궐에서 살아온 지 삼십 년이나 되고 이런 시절에 대군을 피접 나시게 한 일도 백 번 잘못된 노릇이지만, 당신께서 서러운 지경을 당하셨다고 설마 위께선들 남에게 잡혀 있게 하고 싶으실까마는 원수를 만났으니 나인의 처지로서 죽으면 죽고 살면 사는 것이지 무슨 귀한 목숨이라고 나라 어른을 원망하시는고?"

난이가 이 말을 듣고는 크게 노하여 꾸짖어 말했다.

"너희는 나라 어른의 은혜를 두둑이 입어서 원망을 않겠지만 나는 쥐꼬리만큼도 은혜 입은 것 없다."

그러면서 바락바락 악을 써 댔다.

그러고는 죽은 김 상궁을 앉으나 서나 밤낮으로 비난했다.

"임진란 때 단지 선왕마마를 호종했다는 이유로 삼십도 못 되어 저희가 먼저 상궁이 됐다고 뻐기고, 나는 호종 안 했노라면서 상궁으로 올라가도록 위께 여쭈어 주지도 않더니, 죽으러 갈 때는 제법 착한 체를 하더구나. 잘도 죽었지!"

그러면서 침실 창 밑에 앉아서 꾸짖듯이 크게 소리쳤다.

"김 상궁만 사람으로 여기시고 온갖 일을 다 하시다가 저런 지경이 되었으니, 이제 김 상궁을 가엾게 생각하고 계시는가?"

그 말에 어느 나인이 대답했다.

"김 씨가 원래 생각이 곧고 충성심이 강하여 나랏일을 힘써 하며 양전(兩殿) 사이를 화목하게 하도록 애쓰다가 사이에 간사한 무리가 날뛰어 이런 일을 만들어 냈기 때문에 위께서 서러운 지경을 당하셨거니와, 자네가 상궁이 못 됐던 이유 때문에 김 상궁이 죽은 줄 아는가? 자네는 나라를 위하여 불측한 말을 하니 윗사람과 아랫사람의 분별도 차릴 줄 모르느뇨? 입이 있으되 어찌 아무 말이나 다 할 수 있으리오. 참고 말 않는 일이 많았지만, 자네의 세도가 하도 당당하기에 무서워서 누가 말을 하리오. 똥구덩이 속에 머물러 있지 말고 빨리 중전 상궁이나 되어 이곳에서 나가소."

난이가 말했다.

"어떻게든지 데리러만 온다면 노하지도 않고, 무엇을 못 잊는다고 돌아다보며, 붙잡는다고 있을 성싶으냐?"

그러더니 갑인년 봄이 되자 난이를 데려갔는데, 나갈 때에는 분을 바르고 자줏빛 장옷을 입고 나갔다. 그때 다른 나인이 말했다.

"오래 살다가 하직 인사도 않고 가는 것은 종의 도리가 아니로다."

그러자 난이는 실컷 할 말을 다 한 뒤 그 옷을 입은 그대로 웃전이 계신 곳으로 왔다.

"장옷만은 벗어라. 어전에서 어찌 감히 장옷을 입느냐?"

이렇게 말을 하니, 난이가 말했다.

"어전은 무슨 어전이야? 지금 이 지경이 됐는데도 어전이라고 해? 언제 벗었다 또 입고 가리."

그러고는 장옷을 입은 채 웃전께 하직 인사를 하러 들어갔다.

평상시에도 전부터 있던 나인들은 다 물로 세수만 하고 낡은 옷을 입고 부원군(府院君, 인목대비의 부친인 김제남)의 거상(居喪)을 입고 있었다.

"나는 대비전의 몸종이 아니로다."

난이는 이렇게 말하고서 분을 바르고 다녔다.

그 모습을 보고 다른 나인이 말했다.

"네 동생이 동궁전 침실에 있으니 내관이 보더라도 아무개의 동생이라고 핀잔을 줄 것이니, 누구의 눈에 띄더라도 삼가고 근신하여 남의 입에 오르내리지 않도록 보이거라."

난이는 평교자를 태우고 좋은 말을 태워서 데려다 대궐에 가 살게 했다. 대군이 안 계시다는 소문도 들리지 않던 차에 누가 꿈을 꾸니 대군아기씨만 혼자 들어와 계시다가 우시었다.

"저는 나를 죽였지만 나는 인간 세상을 아무 거리낌 없이 바라고 좋은 곳에 와 있으니 죽은 일이 오히려 시원할 지경이로다. 형수 되는 이도 인간 세상에서 슬프게 죽게 한 일을 내 다 알고 있노라. 나는 여동빈, 문천상, 백낙천, 최치원, 거복사주와 함께 놀기도 하노라."

하시면서,

"그 세상에도 그런 사람들이 있는가? 나 있는 곳은 부처의 곳이고 그들은 신선 사는 곳에 있으니 벗으로 사귀어 노는 것이지 늘 함께 있는 것은 아니노라."

하시고 또,

"너무 서러워 마시라고 여쭈어라."

하시기에,

"어찌 친히 들어가셔서 여쭙지 않으시나이까?"

"내가 그리우셔서 항상 서러워하시며 우시는데 내가 들어가 뵈면 더욱 서러워하실 것이니 들어가지 않겠노라."

하시며 울고 가셨다고 했다.

대전에서 갑인년 삼월에 내관을 보내어 변 상궁에게 일렀다.

"너희가 다른 마음을 품지 않고 전으로만 뫼시고 평안히 살 일이지 어찌하여 대군으로 임금을 삼으려고 도적까지 사귀고 안으로는 방정을 하다가 제 목숨을 온전히 보존하지 못했느냐? 이제 살아남은 나인들은 내 말을 잘 듣고 그대로 복종해야지 그렇지 않으면 분명히 말해 두거니와 법대로 처단할 것이니 그리 알고 행하도록 하여라. 처음엔 대군을 경성(京城)에 두었더니 죄인을 성 안에 둠이 옳지 못하다고 조정에서 하도 보채니 두질 못하고 하는 수 없이 강화 땅으로 옮겼더니, 제 목숨이 박명하여 복에 과했는지 옮긴 지 오래되지 않아 죽었으니 죄인의 죽음은 찾는 법이 아니라 하고 조정에서 내버려 두라고 했지만, 형

110

제지간의 의리를 생각하여 해사로 비단 요자리와 관곽(棺槨)을 갖추어 극진히 안장(安葬)했으니 대비전께서 아시더라도 서러워하실 리 없으시겠지만, 경성에서 강화로 옮길 때 알지를 못하셨으니 제 명에 죽었건만 나보고 죽였다고 하실 것이 뻔하니 천천히 아시게 하여라. 즉시 여쭙기라도 한다면 너희를 잡아다 옥에 가두고 삼족을 멸할 것이니 너희만 알고 있다가 때를 보아 너그럽게 생각하시도록 하면 아무런 후환이 없으리라. 틈틈이 앉아서 한숨을 쉬며 서러워한다는 말만 있으면 내 법을 다할 것이니 그리 알고 듣고만 있어라."

이에 변 상궁이 대답했다.

"전교대로 하겠사오나 잠시도 곡읍을 그치지 아니하오실뿐더러 목도 매시고 자결도 하시려고 시위하는 이가 없는 틈만 살피시니, 아이와 늙은 근시인은 다 죽어서 없고 미련한 것이 자그마한 애들만 데리고 밤낮 곁을 떠나지 않고 시위했으나 사람의 목숨은 마련이 없는 것이니 한 해가 지나고 두 해째 봄이 되도록 미음을 통 마시지 아니 하오니, 만일 귀천하오신다 한들 어찌 종의 탓이겠습니까? 시위하고 있사오나 두려운 마음으로 말할 것 같으면 양쪽이 다 어렵사오니, 차라리 죽어야 좋은 귀신이라도 될까 하나이다."

그러자 이튿날 또 와서 말했다.

"비록 죽고 싶다고 했으나 죄가 없어서 죽이질 않았으랴? 오직 전을 받들어 뫼셨으므로 죽이지 않은 것이니, 수라나 자주 권하여 잡숫도록 하고 서러워 우시지 말도록 하여라."

변 상궁이 대답했다.

"속담에 이르기를, 서너 살 먹은 아이도 저 하고자 하는 일을 거스르면 좋아하지 않고 오직 뜻대로 하여야 울음을 그치는 법이니, 하물며 위께서는 남에게 없는 서러움을 당하사 밤낮 애통하신 울음소리를 그치시지 않고 두 해가 되도록 어머님과 아기씨의 생사를 아시지 못해서 마치 몸에 불이라도 붙으신 듯, 산고기를 양지에 놓은 듯 몸부림치시며 밤낮을 가리시지 않고 우시고 냉수와 얼음만 드시니 수라야 더욱 권하올 길이 없사오며, 이따금 위로하여 여쭙되, 대전께서 죽미음이나 자주 권하여 잡숫게 한다는 전교(傳敎)가 자주 오시니, 망극한 중에도 또한 모자의 정을 차리시니 어찌 감동하지 않으시리까? 하루살이 같사온 종의 신세오나 마침내 목숨을 보존해 주시는 은혜를 입겠사와지이다."

그러고는 위께 전교를 권했다.

"대전이오시나 나를 어미라 하오시며, 나보고 누가 국모라 할까 보냐? 너희 다 가거라. 나 혼자서 울다 울다 지치면 죽어 버리리라. 권하는 말이 더욱 듣기 싫다."

하시니, 더 권하지 못했다.

이런 일이 있은 후 대군이 돌아가셨다는 말을 듣고 시위인들의 서러움이 태산 같으나 날마다 와서 괴롭히니 함부로 소리 내어 울 수도 없는 노릇이었다. 그들은 다만 가슴을 두드리고 원통해할 따름이었다.

그러나 그들은 사월이 되도록 대군이 돌아가셨다는 말을 웃전께 여쭙지 않았다. 그런데 하루는 웃전께서 꿈을 꾸시니, 두 젖이 흐르고 모든 사람이 아기씨를 안았다가 웃전께 안겨 드렸다. 그러자 웃전께서 우시며 반기어 젖을 먹이시다가 잠을 깨셨던 것이다.

그리고 놀라서 말씀하셨다.

"마음이 다시금 놀랍고 온몸이 떨리어 지금은 얼른 진정할 수가 없을 지경이니, 어째서 이런 꿈을 꾸었노?"

이에 가까이 모신 나인이 대답했다.

"젖이란 것은 아이들 양식의 줄기이니 아기씨께서 장수하셔서 대전의 마음을 자연히 풀어지게 하시고 서로 만나실 좋은 징조로소이다."

그 후, 또 꿈에 아기씨께서 웃전께 와 안기시며 말씀하시고 우시는 것이었다.

"머리 빗을 사이에 하늘의 옥을 보고 인간의 복과 운명이 다

113

하늘에서 하시기에 달린 줄 알았습니다. 어머님께서는 저를 보지 못하시어 서러워하시나 저는 옥황상제를 뵈었으니……."

웃전께서 아기씨를 붙들고 물으셨다.

"어디를 갔었느냐? 나는 너를 여의고는 서러워 죽을 지경이건만 어째서 간 곳도 아니 일러 주느냐?"

그러나 아기씨의 대답은 간단했다.

"아오셔도 아무 소용이 없어요."

이러고 보면 심상한 일일 수밖에 없었다. 그러니 웃전께서는 더 이상 참지 못하시고 안달하실 수밖에 없었다.

"죽었는데도 나를 속이는 것 같구나. 바른 대로 일러 주면 좋으려니와 그렇지 못하면 이 서러움을 참지 못하여 곧 죽어 한데 가고자 하노라."

상궁은 서러움을 참지 못하여 더 이상 숨기고만 있을 수가 없었다.

"눈물이 흘러 옷이 젖으니 어찌 서러움을 참으며 철석같은 마음인들 참아지리오. 안부를 전하려고 하다가 못하여 이리 꿈에 나타나 이르시니, 저희는 속이고자 하나 아기씨가 영특하시어 꿈에 나타나시니 인간은 속일 수 있으나 신령은 못 속이는가 하나이다."

이 말을 듣고 웃전은 그 자리에서 그대로 졸도하시고 말았다.

죽은 듯이 누워 계시자, 상궁은 가까스로 냉수로 깨워 정신을 차리게 한 다음 이렇게 여쭈었다.

"아기씨가 벌써 범의 입안에 들어감을 면치 못하셨으니 이제 아무리 간장을 태우시고 서러워하셔도 살아오실 까닭이 없는 일이옵고, 병드신 본가댁 동생님께 어린 자손을 데려오시고 의지할 데 없어 웃전을 다시 만나 뵈옵고자 살아 계시오이다. 아기씨를 위해 옥체를 버리시오면 제 더욱 기꺼워하여 짜장 모진 일을 하여 방정을 하다가 나타나 자진(自盡)하오시다고 사기(史記)에 쓰일 것이오며, 악명(惡名)을 싣게 될 것이니, 웃전께서 먼저 돌아가시는 날에는 온갖 나쁜 짓을 다 하시었다고 이를 것이니 서러움을 참으시어 잠시 견디어 보소서.

저희 종인들 탄식하고 한숨 쉬며 어찌 잔인하다는 생각이 들지 않겠습니까? 평시의 좋은 시절에는 존귀하게 시위하고 사옵다가 이제는 나인이 초야에서 김을 매는 하인만도 못한 신세가 되어 해골이 거리에 구르고, 금부, 나장에게 뒤를 쫓기게 되었으며, 선왕마마를 가까이 모시던 사람이나 의인마마 가례를 올릴 적 사람들이 모두 중형을 받아 죽었으니 불쌍하고 애처롭기 그지없더이다. 차라리 죽어서 이런 모든 끔찍한 꼴을 듣지 말고자 하오나 웃전마마를 생각하옵고 오늘날까지 살아온 것이온데, 이제 돌아가시면 우리만 살라고 그냥 둘 까닭이 있겠사오리까? 새로 옥사를 일으킬 것이오니, 한 아기씨를 위하여 이제 남은 유신들을 모두 서럽게 죽게 마옵소서."

"난들 그걸 모를 리가 있겠느냐만 동서도 분별치 못하는 어린 아이가 슬하에서 자라는 양이나 보려고 했더니 위력(威力)으로 빼앗아 간 곳도 가르쳐 주지 않다가 죽였으니, 애를 끊는 듯 살을 에는 듯 설움을 참지 못하며, 어머님이시며 내 일로 말미암아 서럽게 죽은 동생들을 생각하니 이제 죽으면 저승에 가서도 부형도 떳떳이 뵐 수 없어 부끄러운 넋이 외로이 허공을 떠돌 것이니 참는 일이 많아 차마 죽지는 못하나 무슨 원수를 지었기에 이렇듯 서러운 일을 겪게 하는고. 내 지은 죄 없으니, 서러움은 비록 내가 받으나 선왕께서 하시는 바와 같으니 한갓 나를 미워하시는 일이라고만 할 수 있으랴. 선왕으로부터 사랑을 못받은 원한을 내게 와서 푸시는데, 이 원한을 나한테만 푸시기는커녕 내 친정 가문과 어린 대군을 모두 죽이셨으니 어찌 한갓 서럽다고만 하겠느냐? 앞으로 영원히 다시는 이런 땅에 태어나지 않으려니와, 문 열어 주거든 노모의 안부나 듣고자 하노라."

문안내관더러 이렇듯 말씀하시나 들은 체도 하지 않았다.

봄이 지나 여름이 가고 가을이 되었는데, 나인들이 종기가 생겨 앓고 있었다.

"약이나 해 먹게 하고 싶구나."

웃전께서 이렇게 부탁하셨으나 들은 체도 하지 않았다.

변 상궁만 남았으니 모든 나인이 믿듯이 웃전께서도 한 가지로 믿고 의지하셨는데, 변 상궁조차 앓아누우니 웃전께서 더욱 망극히 여기시어 어떻게 해서든지 살려내려고 갖가지 약으로 구병하셨다.

그러나 나이가 많고 마음고생을 많이 한 사람이라 열이 심하여 살길이 없게 되었다.

"나인의 병이 중하니 내보내 주시오. 살릴 방도가 없겠다."

여러 번 간청하셨건만 들은 체도 하지 않았다.

웃전께서 다시금 청하니,

"무슨 일을 꾸미시려고 거짓 병탈하여 나인을 내어 보내게 해 달라고 하시느뇨?"

하자, 무서워서 더 아무 말도 못 하다가 그 병세가 하도 수상하여 다시 나올 가망이 전혀 없으므로 다시금 간청을 하니 그제야 내어보냈다.

그런데 그때 별장(別將), 내금위(內禁衛)며 대전내관을 모두 차비문 안에 서게 한 다음 의녀로 하여금 상궁의 속치마며 바지까지 뒤져보게 하는 등 그 욕됨이 말할 수 없이 무거웠다.

옷 사이에 무엇이 들었는가 하고 햇빛에 비쳐 보고, 신은 신발을 다 떨어 보고, 머리까지 짚어 보고 나서 내관이 말했다.

"대전의 전교 없으니 별장, 내금위장 모두 들이밀어 보고 행여 글월을 품어 가거나 품안에 감추고 있는가 하여 대비전을 믿지 않으시고 별장들을 대령케 했으니, 데면데면하게 보고 나중에 큰일을 내게 하지 말고 들이밀어 보라."

그러자 고자(鼓子)며 모든 놈이 상궁을 껴안아 들이밀어 본 다음 말했다.

"아무것도 없다."

그제야 허락이 떨어졌다.

"동생이 들어와 데려가라."

병이 중하여 비록 정신을 잃고 있을망정 욕됨이 가볍지 아니하여 웬만한 병이면 차마 못 나갈 판국이었다.

모든 나인이 울면서 빌듯이 말했다.

"병이 중하여 구하지 못할 것이 나가는데 무엇을 가져갈 것이라고 저리 심히 뒤지느뇨? 죽으러 가는 나인이라고 뒤져보고, 병을 얻어 나가느니라 의녀를 시켜 뒤져보고, 수욕(羞辱)이 이루 말하기 어려울 지경이니 나인은 상인이라 그렇다 하거니와 웃전의 체모를 어찌 조금이라도 생각해 주지 못하랴?"

내관이 대답했다.

"우리더러 그런 말을 해야 아무 소용이 없네. 우리도 죽을까 두려워 이렇게 하노라."

변 상궁이 궁 밖으로 나간 지 오랜 시일이 지난 뒤에 웃전께서 병이 깨끗이 나았거든 다시 들어오게 해 달라고 하시자, 대답도 하지 않았다.

변 상궁이 구월에 나간 다음, 전에 감찰상궁으로 다니던 천복을 내전에서 더디 잡아낸다 하고 하옥했다.

시월 스무날에 천복을 데려다가 은덕의 조카를 그의 양자로 만들어 두고 안팎으로 말을 서로 통하더니, 어떤 흉측한 일을 꾸밀 생각으로 잘 달래어 웃전마마께 들여보냈다.

이 사람은 원래 성질이 미욱하고 운수가 막혀서 나이 육십이 되도록 자식 하나 없고, 얼굴 생김새가 괴상하여 그 모습이 등유(燈油) 칠한 것같이 검은 데다 언문 한 자도 제대로 잘 쓰지 못했다. 그런데 의인왕후 때부터 자기가 좋은 자리에 쓰이지 못함을 늘 마음속으로 원망스럽게 여기고 있었다.

이때도 제 소임을 맡지 못하여 너무도 서러워한다는 이야기를 들으시고, 웃전께서 말씀하셨다.

"제 행실이 착하지 못한 줄 모르고 나이가 많도록 힘든 일만 하고 어렵게 지낸다니, 그도 사람이라 불쌍하도다."

그래서 감찰상궁을 시켰는데, 양전에 서로 문안인사 드리러 다닌답시고 아침에 문안 가서 한낮에 돌아오기도 하고 저녁나절이 되어 돌아오기도 하며, 은덕과 가희와 날이 저무는 줄 모르고 그 곁에서 세월을 보내곤 했다.

"대군이 남과 달라 자라면 큰사람이 되리라."

천복의 말에, 은덕이 덧붙여 말했다.

"아무리 슬기롭다고는 하나 오래 사는가 두고 보오."

이런 사람을 들여보냈건만, 웃전에서는 아무런 사정도 모르고 계시니 마음이 무한히 너그러운 어른이셨다.

어느 날 천복이 나갔다 들어오더니, 인사도 제대로 하지 않고 다짜고짜 이렇게 물었다.

"웃전마마 어디 계신고? 올라가 이르거라."

"아무데 계시오거니와 잠시 머물러 가소."

이 말에 천복이 대답했다.

"나를 대전에서 일부러 보내시어, 변 상궁이 병들어 나갔으니 네가 들어가 시위하라 하시어 왔으니, 곧 들어가게 하여라."

"무엇이 바쁠꼬? 아주 뫼시러 들어왔으면 더욱 마음 든든한 일이니 물러나 쉬라."

이 말에 천복이 화를 내며 말했다.

"내가 즐겨서 온 줄 아오? 싫다고 마다하니 대전, 내전 두 마마께서 네가 들어가야 시위를 잘하리라 하시며, 들어가지 않으면 중죄(重罪)를 주리라 하오셔 온 것이지 좋아서 온 줄 아오?"

말이 짐짓 해악(害惡)하니 처음부터 싫은 생각이 드는 위인이었으며, 즉시 안으로 들어가 침실의 지게문을 열고 바로 들어가 앉으면서 여쭈었다.

"대전 내전이 소인을 일부러 불러다가, 네 친히 시위하되 옥체를 만지며 잘 시위하라 하오셔 찾아왔나이다."

이 말을 듣고 웃전께옵서 몹시 괘씸하게 여기셔 대답도 하지 않으시니, 천복이 앉아 있다 못하여 나가서 모든 하인에게 이렇게 말했다.

"저것이 왜 왔는가 하고 미워하지 말라. 마음이 내켜서 온 것이 아니니 모두 싫게 여기지 말라."

그 말을 듣고, 하인이 대답했다.

"웃전마마께옵서는 마음이 괴로우셔 매양 곡읍만 하오시거든, 변 상궁이 들어서서 위로하여 모든 아이를 거느리옵시더니, 이제 밖으로 나가시어 원망스럽기 비길 데 없는 처지이시거늘 어떤 상궁이 오시든 싫어할 까닭이 있겠습니까? 즐겨 문 열 뜻을 성원하여 주소서."

천복이 이 말에 대답했다.

"대전 내전이 보내시어 시위하라 오셔서 온 것이니 나는 그 대답은 할 수 없노라. 나라 사람 시켜 밥 지어 먹고 옷 지어 줄 사람 없거든 시녀 시켜 지어 입고, 옷감이 없거든 대비마마께 여쭈와 주소서 하여 입고, 조금이라도 네 말을 아니 듣거든 문안내관을 시켜 서계(書啓)하라, 그른 일이 있으면 내수사로 잡아내어 죄를 줄 것이니 월경(月經)하고 병든 이 있거든 즉시 내어보내라 하시더라."

이 말에 모든 나인이 실색을 했는데, 그중 한 나인이 말했다.

"그러면 가장 좋거니와, 병들었다면 내어보내며 말미를 줘 내보내기야 대비전께서 하오시지, 마음대로 내보내라 할꼬?"

그러자 천복은 아무런 말도 하지 않고 잠잠했다.

여러 날이 지났어도 웃전께서 부르지 않으시니, 천복이 노여워하며 말했다.

"부리시며 아니 부리시는 일이 있거들랑 서계하라 하오신 바 있으니, 푸대접한다 하오시고 이렇게 박정하게 대하시니 대전을 두려워하시는가 싶으니 내 반드시 서계하리라."

그런 식으로 벼르는 듯한 말을 여러 번 하자, 시위인이 웃전께 여쭈었다.

"천복이 들어오매 불행한 일이옵고, 첫날 들어왔을 때부터 마음이 놓이지 아니했사옵나이다. 처음으로 침실에 누가 드나드느뇨 하고 묻기에, 우리가 사노라 하니 눈을 흘기며 이르기를, 대전이 즉시 소명했고 정 씨는 당초에 사설(辭說)하고 운다 하여 내어다가 죽이겠노라 하오시더라 하고, 들어와 하는 행동이며 모든 몸가짐이 괘씸하기 그지없사옵니다. 들어온 지 여러 날이 지났사온데 한 번도 감(鑑)하오시지 아니하시기에 감히 오늘 청하옵나이다."

"제 얼굴 모습이 더럽고 행동과 언사가 극히 괘씸하니 보기 싫건만, 한 번 오라 하여 제 말을 들어 보리라."

평소에 저도 시위를 한 바 없는 사람이요, 곱지 아니한 얼굴 치켜들고 바로 앉아 바라보기 두려운 일일 텐데, 아무렇지 않은 듯 얼굴을 똑바로 치켜들고 번듯이 나와 앉으니 웃전께서 물으셨다.

"네 어찌하여 이리로 들어오게 되었는고?"

"친히 시위하라는 어명으로 들어왔나이다. 전지도 가져왔나이다."

"전지라는 것이 무엇이냐? 네 어찌 나에게 함부로 전지라는 말을 쓰느냐?"

"소인에게 들어가 옥체도 잘 간수하고 요사한 일을 하시거든 금하고 서계하라 하오시더이다."

"그는 용한 말이로다. 내 아무리 위세가 꺾이어 보잘것없이 되었다 하나 종 부리는 데까지 이토록 여러 말이 있단 말이냐? 며느리로서 시어머니를 타이르는 나라가 또 어디 있느냐? 나는 하는 일 없으니 네 들어와 살펴보라. 부모 동생이며 어린 아기 없애고 이제 무엇이 부족하여 이곳에 가둬 두고 용납지 못하게 하는 것이냐? 네 만일 그 죄책(罪責) 입을 때 누구와 어울려서 입으라고 하더뇨? 필부(匹夫)를 구하여도 믿지 못할 것이니 나를 서럽게 하여 선왕 아들이라 하고 이름을 더럽히게 될까 아끼노라. 내전이 정사에 참견을 하니, 잘 타이르고 잘못을 일러 드리면 대전도 안 들을 리 없건만, 내전으로 들어앉아서 대전의 잘못하는 일을 그대로 좇는도다."

하시니, 천복이 여쭈었다.

"문을 열고자 하오나 전계(傳啓)를 못 얻어 하오시나니, 양전(광해군과 중전을 일컬음)이며 세자께 친히 글월을 적으시어 소인에게 주오시면 내관을 시켜 전할 것인즉 필경 반겨 받으시리이다."

"전날에도 여러 번 간곡히 적어 보냈으되 한 번도 대답이 없었으니 비록 서럽기는 하나 또 빌지는 못할 것이니 그만 물러가라."

하시니, 천복이 나와 앉아서 일렀다.

"아무리 잘난 체하오셔서 어버이로라 빌지 아니하오신들 대전 내전이 어버이라고 하오시겠나이까? 그렇게 생각지 아니하는데 어쩌겠나이까?"

그 말에 누군가가 대답하여 말했다.

"선왕마마 친영(親迎)하신 중궁이오시고 공주와 대군을 낳아 계시오거늘, 모진 법을 하여 어버이라고 아니하나 그게 오래가 겠나이까?"

이에 천복이 대답했다.

"대전 어머님을 공성왕후라 추존했고, 대군을 죽였으니 누구라 말할 것이며 선왕마마를 제 아버님으로 대접이나 하는 줄 아시오? 살아 계셨을 때 이름만 세자라 하고 사랑하시지 않고 가르치시지 않으셨기에, 이제 왕으로 계셔도 아무 일도 알지 못하니 더욱 애타게 여기시어 그 원한을 대군에게 푸시는 것이니 어쩔 수 없소이다."

그 말에 웃전께서는 혼잣말처럼 말씀하셨다.

"아버님 어머님을 모두 인정하시지 않는다면 어디에서 태어났단 말인고?"

하루는 죄인 응벽을 담산에 담아 목릉, 유릉 위에 올려다 놓고 방정한 곳을 가리키라 하니 그놈이 말했다.

"내가 방정한 곳이 어디 있다더냐? 내 모진 형벌을 못 견디어 잠시나마 쉬어 보려고 거짓말을 했더니라."

그러고는 아래로 내려가 목숨을 끊었다. 응벽은 대군 보모상궁의 조카였다.

사람들이 놀라서 저마다 한마디씩 말했다.

"아버님 무덤을 팠다는 사람이 어디 있는가?"

"그런 줄은 다 알건만 누군들 두려워 감히 입 밖에 말을 낼 꼬? 침실 안에만 들어가게 해 주신다면 물이라도 억지로 드시게 해 줌세."

"어찌하여 드시게 한단 말이냐?"

"가희의 권력이 중하니 가희 형과 가희에게 전량(錢糧)을 많이 주기만 하면 천하에 못할 일이 없을 것이니, 문 열기는 가장 쉬운 일이라오."

웃전께 이런 뜻을 여쭈었더니, 이렇게 말씀하셨다.

"세 곳에 글월을 써서 문을 열어 달라고 빌어 보려니와 나라의 어른이 되어 당치도 않은 천인(賤人)에게 청하기는 가하지 아니한 일인 줄 아오. 다른 마음먹어 나를 죽이고자 가둬 두었으니 청할 바 아니니 두 번째로 가하지 아니한 일이며, 제 어미를 봉작(封爵)하여 두고 나를 용납지 못하게 가둬 두었는데 쓰린 마음으로 청하여 비는 것이 세 번째로 가하지 아니한 일이며, 늙고 미련한 나인의 말을 듣고 막중한 청을 함이 네 번째로 가하지 아니한 일이니, 나를 이리 가둬 둠이 심상한 일이 아니며 꼭히 제 나중에라도 큰 화를 입으려고 한 것이라 청으로 이루어질 일이 아니니 다섯째로 가하지 아니한 줄 아노라. 답답하고 서러운 것은 비길 데 없으나, 천복에게 의지하여 가만히 빌기는 죽을지언정 못할 일이로다. 너희들이 인견우지하여 좋게 대답하라."

이러할 때 동짓달이 거의 되었는데, 천복이 입을 것이 없다고 엄살을 부리니 웃전께서 초록과 백주와 솜이며 신을 주시면서 이르셨다.

"너를 심상한 여느 나인으로 보지 않아 대답을 하지 않았다만, 계축년에 나간 나인 내놓으라고 보채어 두 감찰상궁을 잡아내 갔으므로, 옥중에 들어가 지내기가 어렵게 되어 추워한다 하니 입을 것과 먹을 것을 자주 주도록 하라."

그러고는 불 땔 나무며 음식을 주시고서 보내면, 천복이 엄연히 누워서 대답했다.

"주오시니 상덕(上德)은 그지없거니와, 나는 귀하게 여기지 않노라. 이년조차 대비전의 것을 싫어하노라."

그리하여 가져갔던 사람이 차마 듣지 못하여 나오고 말았다.

웃전께서 친히 글월을 써 문 열어 달라고 양전과 세자궁에 비시니, 이튿날 내관이 왔다. 이때 천복을 그르다 했다는 말을 하자, 이를 들은 천복이 걱정이 되었는지 누워서 말했다.

"나를 달래어 들여보내시기에 침실에서 살던 몸이라 시키는 일을 할 수 있을까, 나도 살리실까 여겼더니 아니 부리시니, 제 소임을 아니 한다 하고 미워하시니 죄 입을까 두려워하노라."

그렇게 근심하며 대소변을 보러 갔다.

몸가짐이 야무지고 똑똑하면 어찌 어여삐 여기시지 아니할까마는 하는 말이 하도 괘씸하고 미우니 조금도 어여삐 여기시지 않으셨다.

천복이 남의 입이 두려워 미운 말을 아니하고 좋은 체하더니, 하루는 공주를 뵙고 이렇게 말했다.

"어머님 같다마는 서방 맞을 데 없고, 옷 입은 모양 더욱 같으니 보기 싫다."

공주가 마마(천연두)를 앓으시니 천복이 기뻐하며 이제야 뜻을 얻었다고 좋아했으나, 할 일이 없어 침실 문을 닫고 조심하더니 아파 누웠다. 그러다가 그제야 일어나서 두루 살피더니 역신(疫神)인 줄 알고 들어앉아서 일부러 고기를 저미고 술을 마셨다. 다른 사람이 들어가 보니 이렇게 말했다.

"술 고기를 알게는 못 먹을 것이니, 우리 가만히 먹자."

웃전께서 이를 아시고 말씀하셨다.

"천복이놈 몰래 들어앉아서 고기 뜯고 술 마시며 가만히 먹자 했다니 괘씸하고 더럽다. 어서 빼앗아 못 먹게 하라."

웃전의 말씀을 듣고 나서 사람을 보내어 보니, 과연 한 사람을 데리고 앉아서 먹고 있었다.

"저도 하도 불쌍하여 참인지 거짓인지 듣지 아니했으니 먹노라."

보고 온 사람이 이렇게 고했다.

이때를 타 천복이년이 모진 생각을 하고 섣달 열이렛날에 침실 근처에 몰래 불을 놓았다. 이때가 밤 이경이었다.

마침 늙은 문 상궁이 마음이 직순한 사람이라, 웃전을 위하여 침실 안이 더우나 추우나 늘 머물러 잤는데 불붙는 소리가 들리는 듯하자 이상하게 여겼다.

"인정은 벌써 친 지 오래라 이경이 지났고, 불붙는 소리가 나니 무슨 소리냐? 천복이 자기 방에서 혼자서 자더니 필경 요사스러운 일을 꾸민 것이 틀림없도다."

문 상궁이 급히 지게문을 열고 나가 보니 붉은 불빛이 하늘에 가득 찼고 불붙는 소리가 가깝게 들려왔다. 샛문을 열고 나가 보았더니 사랑채에 불이 붙어 있는 것이 아닌가. 처마가 사랑채와 바로 닿아 있는 침실에서 아기씨를 위하여 문을 두루 닫고 앉아 있다가 잠깐 잠이 들어 불붙는 소리를 듣지 못했는데, 누군가가 내닫는 소리를 듣고 놀라서 닫은 문을 열어젖힌 것이다.

문 상궁은 불을 발견한 순간 너무도 경황이 없어 한달음으로 뛰어나가며 외쳤다.

"불이야, 불이야!"

그 바람에 모든 나인이 모두 뛰쳐나와서 옷을 벗어 물에 담가 가지고 쳐서 불을 껐다. 숯섬에 불을 놓았기에 섬을 잡아 내치

었으나, 처마 끝은 벌써 다 타서 기울어져 있었다.

불을 끈 뒤에 천복이 종들에게 말했다.

"숯섬에서 불이 나는 것은 하나도 이상할 것이 없느니라. 본래 숯섬이란 것은 오래 쌓아 두면 불이 나는 법이니라."

그 말에 모두가 대답했다.

"숯섬에서 불이 난다면 선공에는 어찌 숯을 쌓아 두며, 시방 여러 곳에 쌓아 놓았지만 불나는 데 없는데 이 불이 극히 이상하다."

그러자 천복이 이렇게 반문했다.

"그렇다고 누가 불을 놓았으랴?"

공주께서 역질(疫疾)을 앓고 계신 경황없는 사이에, 놀라게 하여 타 죽게 하려 하는 거동임이 분명해 보였다.

시위인이며 웃전께서 놀라 어찌할 바를 모르다가 지게문을 닫으시고 안채까지 불이 붙게 되면 바깥으로 나오시려고 했는데, 나인들이라고는 하지만 아이, 늙은이 대여섯이 나서서 못 끌 불을 끄니 어찌 심상한 속인(俗人)이라고 할 수 있겠는가.

그 후로도 천복은 어떻게 해서든 공주님이 역질을 심히 앓으시게 하려는 생각을 하며 종을 시켜 가만가만 칼질도 하고 온갖 음식을 다 시켜 먹었다.

하인들 중에는 아이들이 여럿 있어서 옳지 못한 일을 할라치면 늙은 나인이 소리 지르며 때리기도 하는데, 한 아이가 노하여 아이들 대여섯을 달래서 데리고 도망쳐 가서 가희를 만나고 싶어 하니 즉시 나와서 말했다.

"대비는 어떻게 지내시며 공주는 어떠신고? 또 나인들은 무슨 일들을 하느냐?"

그러자 그 아이가 이렇게 대답했다.

"대비마마께서는 밤낮 울고만 계시고 공주께서는 무슨 일을 하시겠으며, 나인들인들 무슨 일을 하겠나이까? 아무 일도 하지 아니하옵니다."

그 말에 시녀 정순이 꾸짖었다.

"대비마마라니, 무슨 당치도 않은 소리를 하느냐? 그냥 대비라고만 하여라. '공주께서는'은 또 무슨 소리냐? 그냥 공주라고 하여라. 공주가 늙더라도 혼자 늙게 내버려 두지 무슨 부마(駙馬)를 삼게 하랴? 죽어도 그냥 죽게 내버려 두지 누가 내보내 준다더냐? 대비가 되었다고 누가 위하랴? 대비의 성질이 사납기는 이루 말할 수 없어 우리 대전마마를 죽이고 대군을 그 자리에 세우려고 하다가 들켜서 저렇게 잡힌 신세가 된 것이니라. 털끝만치도 대비를 위할 생각은 말라. 위한다면 죽여라. 벌써부터 오라고 손꼽아 기다려도 오지 않더니 어째 이제야 왔느냐?"

그 아이가 대답했다.

"어버이의 소식을 모르니 안부나 들어볼까 하여 왔나이다."

그 말에 가희가 말했다.

"너희가 그곳에서 하는 일을 고하면 안부도 듣게 하마."

아이가 대답했다.

"아무 일도 하시는 일은 없고, 그저 서러워 하시고 계십니다."

그러자 정순이 꾸짖으며 말했다.

"너희가 하는 일을 속이면 다 잡아다가 옥에 가두실 것이니 바른 대로 이르라."

아이가 말했다.

"아는 일이 없으니 죽이신다고 한들 모르는 일을 어찌 말하리까?"

다시 정순이 꾸짖었다.

"말하질 않다니 정말 괘씸하구나. 어버이를 빨리 보고자 하거든 대비를 하루 속히 죽이거나, 그렇게 못하겠거든 불이라도 질러라. 그렇게만 하면 너희는 다 양반이 되어 나가기가 쉬우리라. 너희가 왔으니 고기랑 술이랑 먹이노라."

그러고서 술과 고기를 주었지만 먹지를 않자, 정순이 물었다.

"어이 먹지 않느냐?"

"슬퍼서 못 먹나이다."

"슬프다고 저까짓 것을 못 먹겠느냐? 그러지 말고 어서들 먹어라."

"대비를 꾸짖으시니 서러워 안 먹나이다."

"어찌 우느냐?"

"들어 갇혀서 슬퍼하는 아이들 생각하고 우나이다."

"기휘(忌諱)로 고기를 안 먹던 것이라 먹지 않나이다."

"무슨 기휘냐?"

"공주께서 마마를 앓으십니다."

가희가 놀라면서 기꺼이 물었다.

"무슨 마마냐?"

"큰 마마를 하오십니다."

"곱게 잘하느냐?"

"곱게 잘하오십니다."

"얼마나 돋았느냐?"

"조금 돋았다고들 합니다."

"며칠째나 됐느냐?"

"거의 다 나아가옵십니다."

"천복을 침실에서 부리시도록 했는데, 누가 못하게 막아서 안 부리시게 하느냐?"

"아이가 대비마마의 일을 어찌 알겠나이까?"

"들었을 텐데 설마 모르랴?"

정순이 또 꾸짖으며 말했다.

"대비마마라고 하지 말랬는데 또 대비마마라고 하느냐?"

그러자 가희가 정순에게 눈을 흘기며 꾸짖었다.

"잔말 말라."

그 말에 정순이 말했다.

"무엇이 어여뻐 꾸짖지 말라 하시는고? 대전마마를 죽이려고 한 일이 고마워서 아니 꾸짖을까?"

중환의 당(黨)에 소속된 아이이기에 함께 넘어가면 내보내 줄까 하고 넘어갔는데, 하도 꾸짖고 상전을 욕하니 쫓아가던 아이들은 화가 나고 애달파서 도로 넘어왔다. 그러면서 혼잣말로 '이럴 줄 알았더라면 가지 말 것을……. 혹시 나가게 될까 생각을 했는데 공연히 욕만 보았구나.' 하고 말하면서 울고 온 아이도 있고, 우리 다시 한 번 가자는 아이도 있었다.

침실상궁들은 기휘하는 까닭으로 안에서 나오질 않으니 알 길이 없었는데, 사옥이란 아이가 침실 처마 밑에서 수직(守直)을 자는데, 곁나인들이 담을 넘어와서 단속을 하고 부엌의 불붙은 부분에 불을 지르는 것이었다. 자던 사람들이 간신히 일어나 물을 길어다 불을 껐는데, 누가 한 짓인지 알지도 못하지만 무서워서 불이 났다는 말을 내지 못하고 아는 사람들만 알고 그냥 참고 살았다.

이 아이들이 계속해서 넘어가자, 궁전에서는 야경을 돌아 공동(恐動)케 하고 불을 질러서 소란하게 하는가 하면, 밖으로는 납향제에 쓸 돼지를 많이 들여왔다.

내관이 내전께 여쭈었다.

"어찌하여 들이리이까?"

내전께서 말씀하셨다.

"토막을 쳐서 들이라."

그러자 차비문에서 도끼로 돼지, 사슴, 노루를 토막 치는 소리가 침실까지 들려왔다.

나인들이 그 고기를 장대에 꿰어 들이미니, 내전께서 말씀하셨다.

"조금 있다가 들이라 하거든 들이라."

그 말에 내관이 말했다.

"우린들 어찌 우리 마음대로 할 수 있으리오. 전에는 그냥 통째로 들이더니 올해는 어쩐 일인지 토막을 쳐서 들이라는 대전의 전교가 있어 마지못해 토막을 쳐서 들이는 것이니 잔소릴 말고 어서 들이라."

사람이 미처 받지 못하면 군사들이 들고 와서 내동댕이쳐 버리고 어서 문을 닫으라고 소리쳤다.

마마 앓는 데는 칼질과 도끼질이 가장 흉한 일인 줄을 알고 일부러 토막을 내서 들이라고 이른 것이다.

그래도 신령(神靈)께서 도와주시고 잔인한 짓인 줄 여기시더니 마마를 순히 앓아 넘기셨다.

넘어갔던 나인들이 마마귀신을 나가지 못하게 넣어 두었는데도 공주는 순하게 앓고 나왔고, 내 손자는 그렇게 예방을 했건만 어째서 죽었는지 참 이상도 하다고 말했다.

그곳의 나인들이 날마다 높은 곳에 올라가 망을 보다 혹시 그곳에 갔던 아이라도 눈에 띌라치면, 손짓을 하여 오라고 해서 기어이 그 애가 담을 넘어가게 만들었다.

한 번은 이경쯤에 누가 담을 타고 넘어가려 하는 것을 한 시녀의 종이 보게 되었는데, 그가 제 동료한테 이르러 달려간 사이에 얼른 뛰어내려 도로 제 방에 가서 자는 시늉을 하고 있어서 누가 넘어가려 했는지 알지 못했다.

잡아 보았자 처치하기도 어려운 터라, 일부러 모르는 체하고 덮어 두었다.

저들은 어떻게든지 나갈 궁리를 하여 별별 계교를 다 꾸며 가며 나가려고만 했다. 그곳의 나인이 밤에 담을 타고 넘어와 버드나무 위에 앉았다가 이곳 나인을 만나게 되면 신은 신발을 다 벗어던지고 가곤 했다.

다른 나인들은 혹시나 저를 잡으러 오지 않았나 해서 무서워

하여 혹 밤에 본전(本殿) 나인을 만나도 남의 전 나인인가 하여
혼비백산이 되어 저도 모르게 소리를 지르곤 했다.

"누군 줄 알고 저렇게 소리를 지르는 거야? 난데 왜 그래?"

이렇게 물으면 무어라고 소리를 질렀는지, 어디로 달아나야
하는지도 모른 채 쩔쩔매곤 했다.

을묘년 봄이 되니, 변 상궁이 나간 뒤로 죽었는지 살았는지
알지를 못해도 말씀도 못 하시고 내버려 두었다. 어떤 생각을
했는지, 이르지도 않았는데 사월 그믐날에 도로 들여보내 주었
다. 들여보내 줄 때 상궁보고 들어오라고 하여 갔더니, 가희가
나와 보곤 이렇게 일렀다.

"우리를 죽이려고 꾀하다가 하느님이 알아 잡아냈으니 망정
이지 대전이 누구시라고 감히 죽이려고 했던고? 하느님이 앙화
(殃禍)를 주신 것이니 이제 와서 뉘 탓이라고 할꼬? 이제라도 곱
게 살지 못하려고 하늘께 제사를 지내며 죽으라고 빌다가 그 일
도 탄로가 났으니, 그래도 거짓말인가?"

그러고는 손뼉을 치고 소리를 지르며 허둥거리니, 이편에선
입이 있은들 무어라고 말할 수 있겠는가. 아무 말도 못 하고 잠
잠히 앉아 있으니, 차츰 손사래가 더뎌지며 오락가락했다.

가희가 다시 말했다.

"그렇게 잠자코 있는 걸 보니 내 말이 사실임에 틀림이 없으

니, 입이 있다 한들 무슨 말을 하겠는가? 하도 옳은 소리니 말이 없느냐?"

내전이 친히 만나서 할 말이 있다고 하기에 한참이나 기다리고 있었더니, 무슨 계략을 꾸미려는지 다시 부르진 않고 사람만 보내어 말했다.

"너를 애초에 죽였어야 옳을 것을 안 죽였으니 이 모두 상덕인 줄을 아느냐? 칭병(稱病)코 나온 것도 그동안에 잔꾀를 부려 병탈을 하고 나온 것이니 너를 들여보내지 말 것이로되, 모실 사람이 없다고 하여서 너를 들여보내는 것이니라. 이 뒤부터는 요사스런 일일랑 다시 하지 말고 잘 모시도록 하라."

가희가 내달으며 말했다.

"내 말을 들으시고 저토록 서러워하시니 어서 돌아가시기라도 하면 시원하실 텐데. 대군을 임금 자리에 세우시고 편안히 사시려고 하다 발각이 나셨으니 부디 내 말대로 이제라도 돌아가시기나 하지. 공주야 내전마마께서 어련히 길러서 혼인을 시키실까. 공주는 차차 나이 먹고 문은 열 길이 없으니 도둑의 무리도 잡지를 못했고, 공성왕후마마도 천조(天祖)에 주청(奏請)을 하러 가셨으니 이제 문을 연다 한들 어찌 용납이 될 수 있을꼬? 하루 속히 돌아가시면 양전이 다 좋을 것을."

이 말을 듣고는, 변 상궁이 하도 분하여 죽기를 무릅쓰고 말했다.

"죽고 사는 일은 보래 명에 달렸나니, 어찌 마음대로 돌아가소서 하리오? 벌써부터 돌아가시고 싶다는 것이 주야로 소원이시되 어떤 까닭에선지 살아 계신데 그런 말을 들으니 더욱 서러워라. 공주아기씨야 어련히 잘 기르실 일일까마는 부모보다 더 좋은 이가 이 세상에 어디 있을까?"

그러자 가희가 웃으며 말했다.

"아까 한 말은 모두 웃음의 소리려니와, 살아 계셨다가 우리가 되어 가는 뒤끝을 보시겠노라고 하신다니 그 말이 정녕 옳은가?"

변 상궁이 대답했다.

"사람의 마음은 다 같은 법이니, 나는 아직 들어 보지도 못한 말이로세."

가희가 말했다.

"대전이 돌아가셔도 세자가 계시니 잠근 문이 썩는다고 한들 열기가 그리 쉬운 노릇이겠는가? 지금도 세자께서 말씀하시기를 내가 죽은 뒤에도 내가 살았을 때처럼 하라고 하시는데, 행여 좋은 일을 볼까 하는 마음에서 살아 계시질랑 마십시오. 상궁이 내 말을 잘 들으시면 이로울 일이 있을 것이니 듣소. 내가 한 말을 소문내시는 날에는 멸족을 당하는 화를 입으실 것이니 자네하고 나하고 굳게 맹세를 하여 보세."

변 상궁은 두려워하며 대답했다.

"나는 속에 있는 말을 참지 못하는 성질이니 듣지 않았으면 좋겠소."

가희가 앞으로 나와 다가들더니 손목을 쥐며 말했다.

"우리는 서로 아이 때부터 함께 살다가 우연히 사이가 멀어진 것이 아닌가? 대비마마를 시위한 지 얼마 안 되는데 무슨 정이 그렇게 중하실꼬?"

그러고는 울면서 온갖 방법을 다해 달래더니, 또 위엄 있는 표정을 지으며 말을 이었다.

"대전과 내전이 상궁을 보고 친히 이르시려고 했는데 연고가 있어 못 만나신다고 나더러 말하라 하시기에 말하는 걸세. 이제 들어가시거들랑 꼭 죽이셔야지 만일 살려 두신다면 종에게만 서러운 일이 있을 따름이요, 유익한 일이 없으리라. 이런 말을 소문만 내시면 두고 보시게. 죽은 어버이에 이르기까지 화를 벗지 못하실 것이네."

변 상궁은 아무리 참으려고 애를 썼지만 너무나 분한 나머지 울면서 대답했다.

"이 일은 종이 차마 하지 못할 노릇이니 들어가지 말게 하여 주소."

가희가 말했다.

"상궁이 좋은 말로 말씀하시며 내 말을 들어주시지 않으니 내 알 수 있겠소? 아무렇게나 하소."

갑인년 사월에 내관 박충신을 보내 공주와 대군이 들어 계시던 곳을 두루 돌아보게 하더니, 이튿날 또 보내어 재촉을 했다.

"할 일이 있어서 그러는 것이니 어서 끄집어내어라. 더디면 나인들을 다 죽이리라."

나인들은 어찌할 바를 몰라 하며 까닭이나 알고 끄집어내려고 했지만, 잠시도 지체하지 말고 모두 끄집어내라 하기에 공주의 피접소부터 세간을 끄집어내겠노라 했다. 그랬더니 다시 내관을 보내어 대군의 세간은 다 밖으로 내오라 했다.

온갖 세간과 솥가마며 다듬잇돌을 동가, 서가, 북가, 남정, 양진, 당지들이 꺼내 놓자, 나라의 곳간지기 내관이 다 빼앗아 수레에 싣고 갔다. 그리고 또 다른 내관은 남정 곳간의 문이며 지게문에 온통 둔테를 박고서 문틈을 다 바르고 들어가더니 일일이 수량을 다 세어서 적어 가지고 갔다.

뿐만 아니라 안팎의 담을 더 높이 쌓고, 가시덤불을 담 위에 얹었다. 문에는 첩을 박고, 축대 밖으로 담을 쌓았다.

그러자 늙은 나인이 울며 말했다.

"안팎으로 사뭇 담을 대여섯 자나 더 높이고, 문마다 첩을 박

143

고, 문둔테를 박으니 위께서는 돌아가시기만 날마다 기다리시지만, 부모 자손 사이에 뒤에 남을 이름이 불쌍하고 서럽고, 어머님을 안치하셨다는 말은 벗지 못하실 걸세."

그 말을 들은 내관이 달아나려 하면서 말했다.

"대비께서 옳게 처신하셨던들 이런 일을 당하시겠습니까? 잔말 말고 서럽더라도 잘 시위하시고 계십시오. 우리한테 말씀하셔 봤자 아무 소용 없습니다. 나라의 녹을 얻어먹는 처지에 누구를 옳다고 하올꼬?"

궁중을 좁게 하여 겨우 다닐 수 있게 만들고, 차비문에다 첩을 박고, 차비로 하루 두 번씩 출입했다. 아침에도 삼전에서 문안은 오지만, 간신히 엎드렸다가 '문안 알고 싶으오이다.'라는 말도 하지 않고 그냥 일어나 돌아갔다.

어떤 말이든 하려고 들 양이면, 문안 온 사람은 이렇게 말하였다.

"우리는 말 들으려는 것이 아니라 문안만 알러 왔노라."

하루는 문안내관 나업이가 왔기에,

"글월 가져가라."

하니, 이렇게 대답했다.

"손 없어서 못 가져가리까, 발이 없어 못 가져가며 입이 없어 못 전하리까마는, 가져오지 말라고 하니 못 가져가나이다."

궁중 안에 더럽고 지저분한 물건 버릴 만한 빈터가 없어 내관더러 말하면 이렇게 말했다.

"아뢰기는 하되, 대전마마께서 이르시기를 받아서 버리지 말라 하오시고 한데 모아 두라고 하시니 못 쳐내옵나이다."

제발 쳐 달라고 백 번 애걸하니 내관이 꾸짖으며 말했다.

"대전마마께 아무리 취품하여도 치지 말라고 하시니 못하옵니다."

이와 같이 하여 두어 해가 지나니, 방 안에 악취가 가득 차고 구더기가 생겨서 방 안과 밥 지어 먹는 솥 위에 기어올라 아무리 씻어 내어도 없어지지 않았다.

그러자 문안 대답하는 상궁이 울면서 여러 번 이르렀는데, 그때야 마지못해 어른 내관과 종사관을 보내어 첩첩이 못질해 놓은 문짝을 떼어 내고 별장, 내금위, 병조낭청, 사소위장이 하인을 보내어 거느려 쳐내 갔다.

집 위에도 까마귀와 까치 똥이 가득하게 쌓여 회 칠한 듯하니, 별장들이 일렀다.

"나인들은 적고 짐승은 많아 더러운 것을 먹으니 집 위에 회 칠한 듯하고 악취가 궁중에 가득하여 잠깐만 그 냄새를 맡아도 못 견디겠는데, 웃전께서는 어찌 견디시는고? 선조(先朝) 때 이 궁중에 와 본 일이 있고, 선왕(先王)께옵서 승하하오신 지 오래

되지 아니하여 자손을 이와 같이 만드셨으니 눈뜨고는 차마 못
보겠다."

그리고 눈을 가리고 눈물지으며 나갔다.

나인이 행여 빠져나갈까 싶어 호위 군사를 사방에 둘러싸게
하고 별감을 보내어 어서 치우고 갔는데, 더디면 죽이겠다고 했
다 한다.

이러하기 두어 해에 한 번씩, 삼 년에 한 번씩 더러운 오물을
쳐 주곤 해다,

하루는 나인이 서로 늘어서서 불을 켜고 다녔는데, 이튿날 내
관이 하인을 데리고 연고 없이 궁중의 행랑집 위에 사나이를 오
르게 하여 두루 다니게 하는 것이었다. 나인들이 하도 무서워
안으로 쫓겨 들어와 숨었더니 내관이 말했다.

"무슨 일을 하느라고 불을 켜고 다녔느냐?"

하인이 신을 것이 없어 발 벗고 다니다가 혹시 다치기라도 하
여 울면 내관을 보내어 물었다.

"무슨 일로 우느냐?"

"발이 아파서 운다."

하고 대답하면, 또 와서 일렀다.

"언감생심에 울지 말라. 울면 죽이리라."

나인들이 들어 있는 곳이며 침전이 옛집이라 두루 새어서 비

가 올 때면 몸 둘 곳이 없기에 하도 민망하여 새는 데를 이어 고쳐 달라고 빌었지만 듣지 않았다. 이에 나인이 고치려고 가까스로 지붕 위에 올라가면 내관이 와서 꾸짖었다.

나인이 정순의 말과 천복의 지위(知委)로 갑인년, 무오년과 같이 방화하지 않는 적이 없어 숯섬에도 불을 놓고, 소목 놓은 데며 거적에도 불을 지르곤 했다. 견디다 못해 신시(申時, 오후 3~5시)부터 불기를 금하니, 미시(未時, 오후 1~3시)에 밥을 지어 먹고 신시에 요령을 흔들면서 부엌 구석마다 온 궁 안을 두루 돌아보기를 두 시간에 한 번씩 했다.

그러고는 대전 쪽으로 넘어갔던 하인들 중에서 싸움이 일어나 싸운 끝에 그런 사실을 아뢰면, 웃전께서 통분하게 여기시어 각각 모이게 하여 앉혀 놓고 흉모를 물으셨다.

"누가 방화하기를 가르치더냐?"

그러면 종아리가 터지기도 전에 낱낱이 복초(服招)하곤 했다.

"대전 시녀 정순이 가르치더이다."

"너희가 방화하여 대비와 공주를 타 죽게 하면 너희를 종의 신세에서 면하게 해 주고 큰 상을 주고 우리에게 와서 살게 해 주마 하더이다."

집 위에 불길이 오르면 성화가 급하므로 나인들이 노소 할 것 없이 모두 몰려나와 불을 끄곤 했는데, 그것이 몇 번이나 되는지 모를 정도로 빈번히 방화를 했다.

차비문 내관이 민망하게 여긴 나머지 대전에게 고했다.

"끄지 말고 버려 두라."

대전에서 이렇게 말하자, 그때마다 나인들이 불을 다 끄니 내관과 별장 모두가 기특하게 여겼다.

나인들이 신을 것이 없어 헌옷을 뜯어 노끈을 꼬아 짚신처럼 만들기도 하고, 헌신을 뜯어 기워서 신었다. 하지만 헤퍼서 견디지 못하자, 화살촉을 빼내어 송곳을 만들어 초혜(草鞋)를 지었다.

겨울이 오면 눈 위에서 신을 것이 없어 큰 신을 뜯어 녹피(鹿皮)로 큰 신을 짓기도 했다. 봄에 절여 두었다가 겨울을 지내면, 겨우 한 겨울은 지낼 수 있었다.

십 년이 되어 가니 모든 물건이 다 동이 나서 신창 기울 노끈이 없어 베옷을 풀어 꼬아 깁고, 지을 실이 없어 모시옷과 무명옷을 풀어서 쓰기도 했다.

나인들이 발이 짓물러 울고 다녔는데, 한 나인아이가 발이 깨어져 급한 소리로 울었다. 웃전께서 들으시고 불쌍히 여기시며 말씀하셨다.

"어떻게 해서든 발을 간수하여 주라."

그리하여 처음에는 칼로 평평한 나막신을 만들어 주다가, 점점 익숙해지자 굽이 높은 나막신을 만들어 주었다. 나막신의 못은 진상 들어온 궤짝의 못을 빼내어 썼다.

웃전이 계신 명례궁에서 쓸 만한 식칼이 없자 예부터 있던 환도(還刀)를 둘로 잘라 식칼을 만들고, 무딘 가위를 숫돌에 갈아서 날을 세우고, 하인의 옷을 만들 것이 없어 낡은 아청(鴉靑) 옷을 뜯어서 흰 것에 드리워 입거나 누덕누덕 기워 입었다. 또 쌀을 일 바가지가 없어 소쿠리로 쌀을 일었다.

솜이 없이 겨울을 칠팔 년 지냈는데, 햇솜이 없어 추워서 덜덜 떨었다.

사절(四節)이 다 지나도 햇나물 얻어먹을 길이 없었는데, 가지와 외와 동아 씨가 짐승의 똥 속에 들어 있는 것을 발견하고 그것을 심어 나물상은 차려 먹을 수 있었다.

생치(生雉, 익히지 않은 꿩고기) 목에 수수 씨가 들어 있어서, 그것을 심으니 무성히 열렸다. 가을이 되어 떨어 보니 찰수수였다. 상추씨가 짐승의 똥 속에 있어서 심기도 했다.

여러 해가 지나자, 안담이 무너졌다. 하도 민망하여 뜰에서 땅을 단단히 다져 고치기도 했다.

하지만 옛집이라 여러 해째 손을 보지 못하니 대들보가 꺾이고 기울어져 사람이 다치게 되었다. 웃전께서 한 나무를 얻어 괴면서 내관에게 말했다.

"대전께 고하라."

백 번도 더 빌다시피 했지만 들은 체도 하지 않았다.

바깥담이 또 무너져서 쌓아 올렸더니, 내관이 들어와서 보고 기특하게 여기며 말했다.

"계집이 한 일이 아니라 짐짓 장사가 한 일 같다."

씨도 뿌리지 않았는데 침실 앞뜰에 나물이 가지가지 나서 기특히 여기며 가꾸어서 뜯어 삶아 먹었다. 향기롭고 맛이 좋아 모두들 맛있게 먹었다.

꿈에 사람이 나타나 이렇게 말했다.

"나물을 못 얻어먹기에 이 나물을 주노라."

전부터 있던 대추나무는 벌레집이 되어 예부터 먹지 못했다. 폐문 중에 햇실과가 없으니, 부원군을 위한 제사에도 올리지 못했다. 그런데 무오년(광해군 10년)부터 이 나무가 다시 싱싱해져서 큰 밤만 한 열매가 열렸는데 맛조차 비상하게 좋았다. 여느 대추와 달랐으며, 거의 한 섬가량이나 열렸다.

꿈에 또 사람이 나타나 말했다.

"부러 맛좋고 성하게 열리게 한 것이니, 나인들이 도적질하여 먹으면 다시 안 열리게 하리라."

그리하여 사람을 시켜 지키게 했다.

복숭아나무도 심지 않았건만 저절로 길가에 자라나서 열매가 열렸다. 그 맛이 마치 천도와 같았고, 예사 맛이 아니었다.

꿈에서 또 말했다.

"보통 복숭아나무는 세 해를 채워야 열매가 열리는 법이지만, 이 나무는 두 해만에 열매를 열게 했으니, 잡사람이 먹으면 열매가 열리지 않고 즉시 죽게 되리라."

웃전께서 꿈이 믿기지 않는다면서 모두 같이 먹자고 하셔서 먹었는데, 그해 겨울에 절로 죽었다.

웃전께서 시녀를 시켜 밤나무를 심게 하셨는데, 여러 해 동안 무성하다가 기미년(광해군 11년)에 죽었다. 심상치 않게 여겼는데, 꿈에서 또 말했다.

"이 나무가 죽은 것을 괴이하게 여기지 말라. 다시 살아나리라. 이 나무 사는 일로 웃전께서 다시 살아나시리라."

그런데 이듬해가 되어 한 가지가 살아나고, 또 이듬해에 한 가지가 살아났다.

다시 꿈에서 말했다.

"다 살아나면 좋은 일을 보시리라."

그러더니 이듬해에 큰 나무가 마저 살아나 옛 모습을 그대로 드러냈다.

가을에 늦게 피기를 봄에 늦게 피듯 하여 수상하게 여겼는데, 꿈에 사람이 나타나 말했다.

"근심 말라."

무오년 여름에 불이 일어 정릉골로 불이 옮아 붙어 오기에 문을 두드려 불렀다. 그러나 아무리 불러도 대답을 하지 않으시다가, 계속 부르니까 그제야 마지못해 대답하는 소리가 들려왔다.

나인이 내관에게 말했다.

"불이 붙어 오니 문을 닫아 두고 태워 죽이려고 하느냐? 이제 문을 열어 불에서 벗어나게 하라."

이에 내관이 말했다.

"대전이 잠근 채 두고 열지 말라 하시니 못 열겠노라."

그 말을 듣고 나인이 하도 민망하여 불머리를 보려고 집 위에 올랐다.

그러자 내관이 문밖에서 외쳤다.

"어서 내려가라! 대전께서 아시면 다 죽이리라."

그래도 내려오지 않자, 내관이 크게 꾸짖으며 말했다.

"가만히 들어앉아 있지 못하고, 불을 보아 무엇하려는가? 나인의 머리를 깨뜨려 버리겠노라."

내관이 대전께 여쭈었다.

"불이 옮아 붙으오니 자전(慈殿)을 어찌하리까?"

그랬더니 대전이 말했다.

"버려두라."

그때 웃전은 방 속에 갇힌 채 피를 토하셨다.

하지만 좀처럼 문을 열 기색이 보이지 않아, 문안내관에게 일 렀다.

"웃전마마의 용태가 중하시어 토혈하오니, 행여 이르지 않았 다 하오실까 하여 여쭙나이다."

문안내관이 대전께 이르자,

"어디가 아프시며 무슨 연로로 피를 토하시며 하루 몇 번씩 토하시느냐? 나인의 말이 믿기지 않으니 의녀를 들여보내 진맥 케 하라."

하여,

"그러하옵시면 의녀는 들이지 마옵시고 문을 열어 주옵시면 백병(百病)에 다 좋을까 하나이다."

하니, 내관이 와서 꾸짖으며 말했다.

"부러 탈하여 없는 병을 꾸며 아프다 하니 나인을 모두 죽이 겠노라."

그리고 이어서 다시 말했다.

"중하게 아파하시거든 곧 이르라."

"고초(苦楚)히 있다가 불평하옵시랴?"

하니, 죽을 잡숫게 하고자 기꺼워하며 날마다 묻곤 했다.

정사년부터는 조정에서 음력 초하루나 탄일에도 문안을 하지 않고 절을 하러 오지도 않았다.

세공(歲貢)이라 하고 행여 남이 알까 하여 진상단자(進上單子, 남에게 보내는 물목을 기록한 종이)에 쓴 것을 대전 내관이 긁어 없애고 들여보냈다.

신유년 칠월에는 조정에서 포수들을 달래고 꾀어서 내장사 밑에서 숙직을 하게 하고 삼경쯤 해서 야경을 돌게 하니 마치 만군(萬軍)이 들끓는 듯했다.

나인들의 생각엔 그들이 들어와서 죽이려는 것만 같아 애가 타서 갈팡질팡했다. 그러다가 침실에 가서 웃전을 시위하며 말했다.

"함께 가 죽읍시다."

그런데 그 일은, 대전에 살던 포수가 본궁에 가서 해마다 총을 쏘아 귀신을 몰아서 우리에게로 죄다 오게 한 것이었다.

나인이 병이 들어도 백 번이나 빌어야 겨우 나가게 해 주었지만, 가희, 은덕, 갑이를 아는 나인이면 밖에 사는 어버이에게 청을 넣으면 앓지 않아도 내가니 나인들이 울며 호소했다.

"집은 크고 사람 수는 적어서 밤이면 무서우니 앓는 사람만 내가고 성한 나인은 내가지 말아 주십시오."

그러자 대전 내관이 말했다.

"대군도 데려 내갔는데, 나인들 따위야 무엇이 대단하다고 여기겠느냐? 잔소리 말고 어서 내라."

이렇게 데려 내간 일이 대여섯 차례나 되었다. 계해년(광해군 15년) 정월 초사흘날에는 죽은 나인의 종을 다 잡아 내가겠다고 했다. 그래서 웃전께서 비셨다.

"죽이려는 생각으로 이곳에 가두어 넣었으니 서러운 일을 생각한다면야 벌써 죽었어야 했으되, 내 명은 하늘에 달린 것이니 사람의 뜻대로는 못 하리라. 나인 삼십여 명을 다 죽였으니 궁중이 텅 비어 까마귀와 까치와 도깨비만 꾀어 들끓는 형편인데, 죽은 나인들의 종들까지 내놓으라고 하면 나 혼자서 무서워 살지 못할 것이다."

그러나 조정에서는 들은 체도 않고 어서 내놓으라며 독촉만 해 댔다. 두어 나인의 종만 내어 주었더니, 데려다가 개 부리듯 심하게 했다.

그러고는 삼월 열하룻날에 내관을 보내어 또다시 독촉했다.

"앓는 사람이 있거든 내라."

열이튿날에는 가죽에다 두 마마귀신을 그리고 붉은 빛 나는 작은 주머니에 죽은 나인들의 이름을 써 넣고, 산 나인들의 이름은 밖에 써서 매달아 가지고 내관이 와서 말했다.

"이 가죽은 침실 문 안에 걸고, 주머니는 거기 써 있는 나인들의 이름을 보여 주고 나인들에게 차게 하라. 주머니를 없애 버

리면 그르리라."

웃전께서 보시고, 흉하고 무서운 것을 땅속에 파묻게 했다.

계해년 삼월 열이튿날 삼경에 문을 열었다.

오래 잠가 두었으나 궁중에선 기특하고 거룩한 상서(祥瑞)의 일이 많았으며, 늙은 나인들은 축수(祝壽)하고 젊은 나인들은 더욱 두려워 지향(志向)을 못 했지만 이렇듯 오랜 세월에 거쳐 이루어지는 일도 있는 것이었다.

신유년, 임술년부터는 신인(神人)이 내려와 나인들의 눈에 기특한 일이 많았다.

계축년부터 겪은 서러운 일이며, 항상 내관을 보내어 공갈하고 꾸짖던 일이며, 도리에 어긋난 일이며, 박대하고 불효한 일들을 이루 다 기록치 못하여, 그중 만분의 일이나마 여기에 쓰는 바이다.

다 쓰려 하면 남산의 대나무를 모두 베어 온들 어찌 다 쓰며, 다 이르려 하면 선천지(先天地)가 진(盡)하고 후천지(後天地)가 흥(興)한들 어찌 다 이르겠는가.

나인들이 잠깐 기록하는 것이다.

조선 시대 대표 산문 해설

계축일기

이 작품은 인목대비를 모시던 서궁의 나인이 썼다고 기록되어 있다. 하지만 영창대군의 누이인 정명공주가 창작에 관여했다는 이야기도 전해진다. 인목대비는 조선 제14대 왕 선조의 계비로 광해군 즉위 이후 아들 영창대군과 아버지인 김제남이 죽임을 당하고 폐서인되었다. 후에 인조반정(仁祖反正)을 통해 복권되었다.

◆ **작품 개관**

《계축일기》는 1613년(광해군 5년)을 기점으로, 인목대비(仁穆大妃) 폐비 사건에 대한 궁중의 비사(祕史, 세상에 드러나지 않은 역사)를 기록한 책이다. 《한중록》, 《인현왕후전》과 더불어 궁중 문학의 대표작으로 꼽힌다. 《서궁일기(西宮日記)》 또는 《서궁록(西宮錄)》이라고 부르기도 한다.

◆ **줄거리**

인목대비는 선조의 첫 왕비인 박 씨가 선조 33년에 승하한 후, 선조 35년에 19세의 나이로 51세의 선조의 계비(繼妃)가 되었다. 그 이듬해에 정명공주를, 3년이 지나 영창대군을 낳았는데, 첫 왕비였던 박 씨의 몸에서 낳은 자식이 없었으므로, 당시의 후궁인 공빈 김 씨의 두 번째 아들 휘가 일찍 세자가 되었다. 광해군은 영창대군의 탄생으로 자신의 지위에 대한 불안을 느낀다. 그는 선조가 57세로 승하하고 난 후 즉시 즉위하여 형인 임해군을 죽인다. 이후에도 광해군의 의심이나 불안감은 계속 자라나 아무런 죄도 없는 사람들을 함부로 죽이는 사건이 종종 일어난다.

광해군 5년에 마침 서양갑 등의 사건이 발각된다. 이 사건은 당시 명문가의 서자들이 천대받는 것에 반항하여 폭력단을 만들어 재물을 빼앗다가 포도청에 잡힌 것을 말한다. 이때 이이첨이 그중 하나인 박응서를 꾀어 인목대비의 부친인 김제남이 영창대군을 왕으로 세우기 위해 사건을 일으켰다고 증언하게 하는데, 그 모략으로 김제남 부자와 영창대군, 소속 나인들이 모두 참혹한 죽음을 당한다. 인목대비는 서궁에 쫓겨 나 갇혀 있다가 인조반정(1623년에 서인 일파가 광해군을 몰아내고 인조를 왕으로 옹립한 사건)을 통해 복권된다.

◆ 작가와 작품

진짜 인목대비의 궁녀일까?

《계축일기》는 1613년에 광해군이 이복동생인 영창대군의 생모인 인목대비를 폐비로 만들어 서궁에 가두고 영창대군을 강화로 보내 죽게 한 비극을 기록한 궁중 수필이다. 이 작품은 서궁의 나인이 기록했다고 알려져 있으나, 영창대군의 누이인 정명공주와 그 궁의 나인이 기록했다는 이야기도 있다.

《계축일기》는 궁중 여인이 쓴 기록이라는 공통점을 지닌《한중록》이나《인현왕후전》과 함께 궁중 문학의 대표작으로 꼽힌다. 사건을 목격한 궁중 나인들의 기록이기 때문에 당대의 사건이 매우 사실적으로 기록되어 있고, 그 기록은 궁궐 안의 생활 모습과 풍속, 그 안에서 살아가는 사람들이 매우 자세히 드러나 있다. 우리 고전은 대부분 한문투나 고사 인용 등의 방법으로 나타나는 경우가 많은데,《계축일기》는 순수한 고유어, 특히 궁중어가 잘 드러나 있고, 특히 영창대군이 역모하였다는 누명을 쓰고 쫓겨나는 장면이 매우 섬세하고 생동감 있게 나타나 있다.

이 작품은 광해군 때에 인목대비와 나인들이 겪은 실제 사건을 기록하고 있으나, 모든 것이 사실 그대로 기술된 역사라고는 볼 수 없다. 실제로 지은이가 서궁의 궁녀인지 아닌지에 대한 여러 가지 이론이 있으나, 인목대비를 모시던 궁녀가 쓴 것이라는 이야기가 정설로 전해진다. 실제로 지은이가 누구이건간에 광해군에 대해 부정적인 인목대비의 측근이 지었을 것으로 예측되는데, 그 이유는 이야기의 초점이 인목대비가 겪은 고초와 나인들의 억울함에 맞추어져 있기 때문이다.

이 작품은 인목대비가 서궁에 갇히기 전의 사건은 사실 위주

로 매우 치밀하게 이야기되고 있는 데 반해, 그 이후는 개별적
으로 있었던 사건들을 단순하게 나열하는 형식으로 되어 있다.
이것으로 볼 때 이 작품은 두 사람 이상의 작자에 의해 창작된
것일 가능성이 높다.

작자가 인목대비를 모시던 궁녀로 추정되고, 작품이 창작된
시기가 인조반정 이후라는 점을 생각해 볼 때 광해군에 관련한
이야기는 매우 편파적일 가능성이 높다. 이러한 점에서 이 작품
은 사실과 허구에 대한 평가가 엇갈린다.

◆ **작품의 구조**

자식을 잃고 우는 모정

인목대비가 정명공주를 임신했을 당시부터 광해군은 그의 장인
과 공모하여 흉악한 간계를 꾸민다. 광해군과 그의 장인이 인목대
비를 눈엣가시처럼 여기며 미워했다는 것은 구체적인 정황을 통
해서 드러난다.

작품 안의 인물들은 고전 소설 속의 인물처럼 극단적인 선과
악을 대표하는 인물로 보이고 대비된다. 창작 시점이 인조반정
이후이기 때문에 대비는 승자의 입장에서, 광해군은 패자의 입
장에서 서술된다. 광해군은 포악한 가해자로, 자신들은 선량한

피해자로 표현되는데, 그 과정에서 다소 과장되게 인물이 묘사된다.

이 작품에는 영창대군의 행동이 중심이 되는데, 그러면서도 광해군의 결정에 대해 인목대비가 어떻게 해서든 그 결정을 돌려 보려는 의지를 보인다. 아들인 영창대군을 출궁시키라는 광해군의 명령에 항의하면서도 대군을 데려가려는 내관들에게 사정하는 모습에서 아들이 죽게 될 것임을 알면서도 보내야 하는 어머니의 애절한 마음이 드러난다.

◆ **작품의 감상과 수용**

《계축일기》의 의의

이 작품은 당시 인목대비와 영창대군이 얼마나 억울하게 광해군에게 쫓겨났으며, 고통의 시대를 살아왔는가를 구구절절한 기록으로 쓴 글이다.

작자는 《계축일기》를 통해 인목대비가 광해군으로 인하여 억울하고 괴로운 나날을 보냈음을 서술한다. 강한 울분과 통한을 후대 사람들에게 전달하고자 한 것이 작품의 창작 목적이다 보니 역사적인 사실 자체는 줄기로 하되, 인물과 사건이 과장되어 있다. 인목대비 쪽 입장에서 쓴 글이다 보니 광해군은 훨씬 더 악랄하게 묘사된다. 조선조 폭군의 대명사였던 연산군처럼 포악하게 묘사된 광해군은 《조선왕조실록》의 기록에 따르면 선량하고 유약한 성격의 소유자였으며, 인목대비는 매우 남성 적이고 씩씩한 성격의 소유자라고 되어 있다.

궁중 생활의 모습, 궁중 언어, 모함, 살인, 음모, 시기, 위협, 감금, 협박 등의 무시무시한 암투는 대부분의 궁중 소설에서 드러나는 것이다. 이와 같은 이야기는 궁 밖 사람들에게 매우 흥미로운 소재이기도 하지만, 그와 동시에 혈육을 살해하고, 형제가 가장 두려운 경쟁자가 되는 두려움 속에서 살아가는 궁 안의 모습을 보여 주는 것이기도 하다.

◆ 작품에 반영된 현실
나는 네가 계축년에 한 일을 알고 있다.
《계축일기》는 공빈 김 씨의 소생인 광해군과 인목대비의 소생인 영창대군을 왕으로 만들려는 두 당 간의 싸움을 중심으로 이야기가 전개된다. 초반부는 묘사보다는 시간 순서에 따른 사건 전개를 서술하는 데 중점을 두고 있어, 당대 광해군과 영창대군을 둘러싼 서인과 북인의 대결이 얼마나 치열했는지를 보여 준다.

이 작품은 영창대군의 죽음과 인목대비의 폐비 등 역사적인 사실을 바탕으로 하고는 있으나, 사건을 과장하거나 인물을 매우 부정적으로 그려 내는 등 당대의 현실에 대해 부정적인 시각을 가지고 이야기를 펼쳐 나가고 있다.

인목대비는 광해군의 아버지인 선조의 아내로, 광해군의 새어머니였다. 그는 인목대비를 어머니로 모셔야 함에도 불구하고 영창대군을 자신의 왕위를 위협할 수 있는 요소로 여기고, 인목대비에게서 떼어내 제거하고, 인목대비의 아버지를 비롯한 그 형제들과 나인까지 모두 역모죄로 죽게 했다.

조선 시대에 이와 같은 일은 패륜에 가까운 것이었다. 이 글은 광해군을 패륜아로 만들면서 그의 왕위를 부당한 것으로 이야기하고, 선조의 유일한 적자인 영창대군이 얼마나 비참한 삶을 살았는지를 드러낸다.

권선징악적인 면을 부각시킨 작품의 후반부는 소설로서의 특징이 강하므로, 최근에는 단순히 제목 그대로 '일기'라고 보기보다는 허구성이 가미된 수필이나 기록문으로 보는 견해가 많다.